Der Sitz der Seele ist da, wo sich Innenwelt und Außenwelt berühren. Wo sie sich durchdringen, ist er in jedem Punkte der Durchdringung.
Novalis

*Well I'm at the station
And I can't get on the train.*
Tom Waits, "Blind Love"

Isabel Kobus

Anderswo leuchten die Straßen

Storys

Bibliographische Information der Deutschen Nationalbibliothek:
Die Deutsche Nationalbibliothek verzeichnet diese Publikation in der Deutschen Nationalbibliographie; detaillierte bibliographische Daten sind im Internet über http://dnb.dnb.de abrufbar.

© 2016 Isabel Kobus
Lektorat: Hans Georg Bulla
Umschlaggestaltung und Fotos: Isabel Kobus
www.isabel-kobus.de

Herstellung und Verlag: BoD - Books on Demand, Norderstedt

ISBN: 978-3-7412-5211-2

Inhalt

Erleuchtung 7

Lena 19

Eisblumen 27

Ein schöner Abend am Kanal 35

Das Haus 45

Dreams & Ashes 57

Katzenkopf 67

All die sanften Sterne 75

Der Jesus-Typ 81

Romy 95

Erleuchtung

Seit ich nicht mehr trinke, sauge ich den Anblick fremder Männer in mich ein. Dieser hier hat wirres Haar und einen stoppeligen Bart wie ein kiffender Hippie. Aber seine blauen Augen sind klar. Es ist das zehnte oder elfte Meeting der Selbsthilfegruppe. Er scheint schon länger dabei zu sein, war aber in den letzten Wochen in Kambodscha oder so unterwegs. Ist auf einem Boot den Mekong entlang gefahren und rundherum wurden die Regenwälder abgeholzt. Das erzählt er, ohne eine Miene zu verziehen. Als die Sitzung vorbei ist, steht er an der Tür und sieht mich an.

„Hast du die Gruppe vermisst, als du unterwegs warst?"
Wir laufen durch ein heruntergekommenes Wohngebiet.
„Nein", sagt er und zupft an seinem Bart.
„Bist du öfter auf Reisen?"
Er nickt. Kein großer Redner. Vor einem dreistöckigen Altbau bleibt er stehen und kramt seinen Schlüssel hervor.
„Ich heiße Casper", sagt er, „willst du mit hochkommen?"

Seine Wohnung ist noch unaufgeräumter als meine in den schlimmsten Zeiten. Durch die angegrauten Rollos fällt kaum Licht. Der einzige Stuhl ist mit Klamotten bedeckt. Ich setze mich auf die Matratze, die auf dem Boden liegt. Casper setzt sich neben mich und küsst mich. Er riecht nach Räucherstäbchen. Ein großer Küsser ist er auch nicht, aber seine Hand auf meinem Rücken fühlt sich warm an und irgendwie richtig.

Am Fußende der Matratze steht eine nasenlose Buddha-Statue. Daneben lehnt ein Karton an der Wand, auf dem mit gelber Tusche geschrieben ist: „You are right here right now". Ich tippe auf Caspers nackte Schulter und frage: „Ist das da dein Motto?"
Er schweigt eine Weile und sagt dann: „Naja, ich versuch's halt. Achtsam sein und so. Nur im gegenwärtigen Augenblick fühlt man sich mit allem verbunden."
„Ich hab mich so gefühlt, wenn ich 'nen Liter Wein intus hatte", sage ich.
„Na toll", sagt er, „warum hast du dann aufgehört?"
„Kannst du dir denken", sage ich, „die Scheiße geht ja nicht weg. Hast du getrunken oder was anderes?"
„Lass uns nicht über alten Mist reden."

„Ach so, du bist ja in der Gegenwart."
Er streicht mir durchs Haar, ohne mein Grinsen zu erwidern.
„Das ist das, was zählt", sagt er.

Während ich mich anziehe, kramt er in einer Bücherkiste und drückt mir ein zerfleddertes Taschenbuch in die Hand.
„Hier", sagt er, „der weiß, wie's geht. Kannst du behalten"
Das Buch ist von einem Typen, der, dem Umschlagfoto nach zu urteilen, nicht mit übermäßigem Sex-Appeal gesegnet ist. Ich stecke es in meine Tasche. Mir hat schon lange keiner mehr was geschenkt.

Zu Hause dusche ich erstmal und checke meine E-Mails. Stefan hat sich nach drei Wochen wieder überlegt, dass er mich treffen will. Gleich sehe ich ihn vor mir, fühle seine Hände, seine Küsse. Ich mache ein paar Sit-ups. Bloß nicht anrufen. Männer wie ihn muss man zappeln lassen, das hab ich inzwischen verstanden. Ich hole das Buch aus der Tasche und blättere darin. Der Typ hat offenbar den Durchblick, wie man durch permanentes Gegenwärtigsein so richtig glücklich wird. Das erste Kapitel handelt davon, wie man sich selbst beobachtet. Als ich damit durch bin, beobachte ich bei mir das Bedürfnis, mir ein oder zwei Fläschchen kühlen Pinot Grigio einzuverleiben. Ich schließe das Buch und versuche, an Casper zu denken. Komischer Typ. Eine Ablenkung, immerhin. Man muss nehmen, was kommt.

In der Woche habe ich eine Menge im Büro zu tun und falle abends todmüde ins Bett. Nach drei Tagen kann ich nicht mehr widerstehen und rufe Stefan an. Er redet am Telefon eine halbe Stunde lang von den Konzerten, die er diesen Monat noch spielen muss. „Die letzten Tage hätte ich Zeit gehabt", sagt er, „aber du hast dich ja nicht gemeldet."
„Na dann viel Spaß mit deinen Groupies", sage ich und lege auf.
Jedes Mal, wenn ich mit ihm rede, bekomme ich Durst. Ich laufe durch die Wohnung, immer hin und her, so wie der Tiger im Zoo, neulich im Fernsehen. Schließlich packe ich mir Schminke ins Gesicht und gehe tanzen. Es sind nur die üblichen traurigen Gestalten im Club. Der Typ mit der Elvis-Tolle fragt mich, ob ich mit ihm nach Hause gehe. Aber dazu kann ich mich nicht aufraffen. Ich stelle fest, dass ich mich aufs nächste Meeting freue. Nein, eigentlich auf Casper.

„Hast du das Buch gelesen?", fragt er.

Wir liegen auf Caspers Matratze und gucken aus dem Fenster in die langsam vorübergleitenden Wolken.

„Dieser Typ hatte doch ein Erweckungserlebnis", sage ich, „der war doch irgendwie erleuchtet. Wie kann man sowas Leuten beibringen wollen?"

„Du musst es versuchen", sagt Casper, „das ist alles. Immer wieder versuchen."

„Versuchst du es immer wieder?"

„Ja", sagt er und küsst mich. Er kriegt's schon besser hin als am Anfang.

Ich lese das zweite Kapitel und versuche, meine Gefühle zu beobachten. Sie sehen aus wie Schlingpflanzen. Immer öfter verabrede ich mich mit Casper. Sein Körper ist warm und irgendwie stabil. Mit der Zeit wird er redseliger, erzählt stundenlang von irgendwelchem Achtsamkeitszeug, während ich auf seiner Bettdecke liege, die von Woche zu Woche schmuddeliger wird.

„Immerhin hilft es gegen den Durst, dieses Im-Jetzt-Sein", sage ich. Unter seinem Bart breitet sich ein Lächeln aus.

An einem Donnerstagabend klingelt es an meiner Tür. Stefan drängelt sich an mir vorbei ins Zimmer. Seine schwarzen Locken hängen offen auf die Schultern. Er trägt sein rotes Rockstar-T-Shirt.
„Scheiße", sagt er, „die hat mich sowas von reingelegt, die blöde Kuh."
Offenbar hatte er zwischendurch was mit einer anderen. Das ist nichts Neues, aber sie ist jetzt schwanger. „Nicht von mir", sagt er, „ich glaub nicht, dass das von mir ist."
Ich beschließe nichts zu sagen. Er drückt mich gegen den Küchenschrank und küsst mich. Wie jedes Mal fließt dieses heiße Gefühl durch meinen Körper wie ein Meer aus Whisky.
„Du bist die einzige, mit der ich klar komme", sagt er.

Beim nächsten Meeting erzähle ich nicht viel, weil ich nicht drauf komme, wie ich mich eigentlich fühle. Das sage ich Casper, als wir danach auf seiner Matratze liegen. Dass ich dauernd an Stefan denken muss, sage ich ihm natürlich nicht.
„Nimm's einfach an wie es ist", sagt Casper, „das steht doch auch in dem Buch."
„Ich glaub, ich hab keinen Bock mehr auf diesen spirituellen Kram."
„Warum?", fragt Casper.

„Vielleicht brauche ich keine Erleuchtung."

„Im Leben bekommst du immer das, was du brauchst."

Ich nehme seine Hand und lege sie zwischen meine Beine.

Zu Hause lese ich das nächste Kapitel. Hab ja nichts anderes zu tun. Da geht's um etwas, das Schmerzkörper heißt und bei mir ziemlich ausgeprägt zu sein scheint. Ein wütendes Biest, das immer etwas anderes will als ich. Was trinken zum Beispiel. Oder bei Stefan sein. Ich lege mich aufs Bett und versuche, in mich reinzusehen und den Schmerzkörper zu erkennen. Ich glaube, er hat Haare. Oder Stacheln. Mir wird kalt, und ich rufe Casper an.

„Glaubst du an Seelenwanderung?", frage ich ihn.

Er hat sein Bein über meine Hüfte gelegt und wir blicken uns in die Augen.

„Wenn ich was glauben kann, dann am ehesten daran", sagt er.

„Was ist denn die Seele?", frage ich.

Er schüttelt den Kopf. „Fühlst du das nicht? Ich meine, wenn du ganz gegenwärtig bist, fühlst du dann nicht deine Seele?"

„Ich weiß nicht", sage ich.

„Du musst es versuchen", sagt er. Seine Fingerspitzen streichen über meine Wirbelsäule und ich presse mich an ihn.
„Ich fühle meine Seele manchmal auch nicht", sagt er, „dann hab ich Albträume, dass sie weg ist. Einfach weg."

Stefan kommt wieder unangemeldet vorbei.
„Das mit dem Baby hat sich erledigt", sagt er und fängt an mich auszuziehen. Wir haben Sex in der Küche und dann nochmal im Bett. Er bleibt über Nacht. Als ich am Morgen die Kaffeemaschine befülle, umfasst er mich von hinten.
„Wir könnten mal zusammen ins Kino gehen", sagt er.
„Klar", sage ich.
„Ich will gern öfter mit dir zusammen sein", sagt er.
Ich schließe die Augen und verschütte Kaffeepulver.
„Was ist denn aus dem Baby geworden?", frage ich.
„Ach lass doch den alten Scheiß", sagt er.

In den nächsten zwei, drei Wochen gehe ich zweimal mit Stefan ins Kino, einmal kochen wir zusammen, sehen fern und schlafen danach zusammen ein wie ein altes Ehepaar. Ich beginne zu begreifen, wie das mit der Gegenwärtigkeit läuft: Man muss einfach nur den Moment auskosten.

Manchmal denke ich, dass ich vielleicht sogar eine Seele habe. Das Display des Telefons zeigt ein paar Mal Caspers Nummer an. Ich rufe nicht zurück.

Der Sommer neigt sich schon dem Ende zu. Ich gehe wieder zum Meeting. Caspers Bart sieht zauseliger aus als vorher, seine Augen sind gerötet. Er bleibt kurz an der Tür stehen, als ich rausgehe.
„Ich hab 'ne Menge um die Ohren", sage ich.
Er wendet seinen Blick ab.
„Verstehe", sagt er, „pass auf dich auf."

Regen prasselt ans Fenster. Stefan liegt auf dem Rücken neben mir, mein Kopf an seiner Schulter.
„Hör mal", sagt er, „ich will eine Tour mit der Band machen."
„Prima", sage ich schläfrig.
„Naja, das ist ein Haufen Arbeit", sagt er, „ich bin ja gar nicht mehr richtig zum Üben gekommen, weil wir dauernd zusammen sind."
Dauernd, das scheint mir zwar übertrieben, aber ich sage: „Dann sehen wir uns halt seltener."
Er rückt von mir ab und räuspert sich. „Weißt du", sagt er, „das ist schwierig für mich, das zu vereinbaren, also, die Musik, du weißt ja, wie wichtig die für mich ist, und unsere, naja,

Beziehung. Ich glaub, ich muss mich da entscheiden."
Ich setze mich auf und sehe ihn an. Seinen zu Missmut verzogenen Mund, seine nackte Haut wie eine Wand. Er wendet den Blick ab.

Sobald er fort ist, gehe ich zum Kiosk und kaufe die bauchige Anderthalb-Liter-Flasche Chianti, die ganz vorne im Fenster steht. Zu Hause lege ich mich aufs Sofa und lasse die alkoholische Wärme in mich hineinsickern. Der Fernseher läuft stumm. Ein Löwenbaby saugt an einer überdimensionalen Schnabeltasse. Halbnackte Mädchen staksen über eine Bühne. Eine Frau mit Perücke legt Tarotkarten und bewegt ohne Unterlass ihre kirschrot bemalten Lippen. Nach dem vierten Glas ziehe ich das Sofakissen unter meinem Kopf hervor und werfe es gegen den Bildschirm.

Am nächsten Morgen komme ich eine halbe Stunde zu spät ins Büro. In meinem Kopf arbeitet ein Vorschlaghammer. Der Chef guckt mich komisch an, sagt aber nichts. Ich schlucke drei Aspirin und hänge am Abend zwei Stunden dran, weil ich mit dem Papierkram nicht durchkomme. Auf dem Nachhauseweg mache ich einen Umweg zum Kiosk. Eine neue Bauchflasche steht hinter der Scheibe.

„Ja bitte", sagt der Kiosk-Mann. Gestern habe ich ihn gar nicht richtig angeguckt. Er hat einen blonden Bart. Seine Augen erinnern mich an Caspers. Ich zögere. Er grinst ein bisschen, und ich grinse mühsam zurück.

„Eine Cola, bitte", sage ich.

Wer alles beobachtet, ist innerlich leer. Wer leer ist, hat sein Ego aufgegeben und ist mit allem verbunden. Das steht im vorletzten Kapitel des Buches. Ich versuche zu schlafen. Einmal träume ich kurz, von Casper. „Du musst es nur versuchen", sagt er. Seine Hände sind warm. Seine Küsse schmecken wie die von Stefan. Als ich aufwache, fühle ich mich leer. Ich blicke hinaus auf die verpilzte Kiefer vor dem Fenster. Bin ich mit ihr verbunden? Ich schließe die Augen und lasse meine Lider von der aufgehenden Sonne streicheln.

Beim Meeting sage ich nichts von dem Rückfall. Vergangen ist vergangen. Casper erzählt, dass er seine nächste Reise plant. Drei Monate Südamerika. Ich warte draußen auf ihn. Er sieht mich an mit einem müdem Blick. Ich umarme ihn und lehne meine Wange an sein Gesicht. So bleiben wir eine Weile stehen.

„Ich hab den Flug noch nicht gebucht", murmelt er in mein Haar.
Ich löse mich von ihm und hole das Buch aus meiner Tasche. Er zögert.
„Du hättest es behalten können", sagt er.
Die Sonne steht rot über dem Ende der Straße.
„Ich bin ja hier", sage ich.
Er nickt langsam. Ein Regentropfen fällt zwischen uns auf den leuchtenden Asphalt und vergeht.

Lena

Er findet sie, wie man einen verletzten Igel findet. Sie hockt auf der Flusspromenade und wimmert. Ihr Knie blutet.

„Scheiße", sagt sie, „Diese Typen sind hinter mir her."

Ein staubiges Mädchengesicht. Blaue Augen, die Lider gerötet. Neben ihr liegt ein offener Rucksack. Kleider, ein Walkman, ein brauner Plüschhund.

„Ich rufe einen Krankenwagen", sagt er.

„Nein", sagt sie, „nein, die bringen mich nach Hause. Da geh ich nicht wieder hin."

Seit Jahren hat kein anderer seine Wohnung betreten. Einsamkeit hängt wie Staub auf den Wänden.

„Das Zimmer da", sagt er, „das benutz' ich sonst nicht."

„Das ist nett", sagt sie. „Normal sind alte Männer nicht so nett." Und dann: „Oh, 'tschuldigung."

Als er morgens aufwacht, weiß er erst nicht, was anders ist. Dann fällt ihm Lena ein. Sie sitzt in der Küche und trinkt Wasser.

„Wie alt bist du, Lena?", fragt er.

„Sechzehn", sagt sie.
Sie ist höchstens dreizehn.

Tagsüber sitzt er hinter einer Glasscheibe und verkauft Konzertkarten. Längst haben die Menschen vor ihm keine Gesichter mehr. Heute ist er unruhig. Wird Lena noch da sein, wenn er nach Hause kommt?

Sie ist da. Er kocht Spaghetti mit Tomatensauce. Lena sitzt auf der Eckbank in der Küche und sieht ihm zu. Er wundert sich, dass es ihm nichts ausmacht. Fühlt sich wie jemand anders, so angeguckt.

„Sie werden dich suchen", sagt er zu Lena.
„Ach was. Meine Mutter geht nicht zur Polizei. Hat sie auch nie gemacht, wenn mein Vater sie halb totgeschlagen hat. Keine Polizei, das war das Motto."
Ihre schwarzen Haare sind jetzt frisch gewaschen. Ihm fällt ein, wie rostig die Dusche ist, und er schämt sich.

„Deine Mutter wird sich Sorgen machen", sagt er. „Sie liebt dich doch sicher."

Lena bläht die Backen auf und stößt langsam die Luft aus.
„Scheiß-Liebe", sagt sie, „Leute sagen Liebe, und dann wollen sie dich doch nur dazu bringen, dass du machst, was sie wollen."

Vor dem Einschlafen denkt er nach. Er kann sich nicht an Liebe erinnern. Nur an schmutzige, kleine Gefühle. Frauen, Affären, vor langer Zeit. Gut, dass das vorbei ist. Er könnte niemanden um sich haben. Aber Lena – Lena stört ihn nicht. Könnte bleiben. Ein paar Tage. Vielleicht länger.

„Du solltest dich nicht draußen blicken lassen", sagt er am nächsten Morgen. „Die Nachbarn würden sich wundern."
„Du kannst ja sagen, dass ich deine Nichte bin", sagt Lena.
Fast muss er lachen.
„Ich rede sowieso nicht mit ihnen", sagt er.

Seit Lena da ist, beginnt er, neue Farben in der Küche zu finden. Fühlt sich wie ein Maler. Das kiefernnadelgrüne Linoleum des Fußbodens. Die Wände ocker gefleckt wie Eierschalen. Die Eckbank in prächtigem Rot. Lenas Haare hängen in ein

Schälchen Cornflakes. Ihre Arme auf der osterglockengelben Tischplatte.

„Hey, alter Mann", sagt sie, „was gibt's Neues da draußen?"

„Warum sagst du, dass du sechzehn bist?", fragt er Lena.
Sie schnaubt.
„Wen interessiert auf der Straße schon, wie alt du wirklich bist. Die Männer schon gar nicht."
Er blickt zu Boden. Was weiß er schon von Männern?

Er hat einen Traum. Dass er nachts durch die Stadt geht. Am Straßenrand stehen Kinder. Ein Mädchen spricht ihn an. Blaue Augen wie Lenas. Greller Lippenstiftmund. Ihre Haut pergamenten wie die einer Greisin. Die Kälte ihrer Hand durch seine Jacke. Sie flüstert: „Ich mache immer, was Daddy will." Er schüttelt ihre Finger ab und rennt davon, als habe ihn der Teufel berührt. Wie konnte er nur an diesen Ort gelangen? Starr liegt er unter seiner Decke und blickt in einen Krater der Erinnerung. Sieht sich im Kinderbett liegen, schwitzend und voller Angst. Vor dem Fenster die Sterne. Durch den Schleier seiner Tränen vereinigen sie sich zu einem hasserfüllten Flirren. Es kommt näher, dringt durch das Fenster seines Kinderzimmers, um ihn zu holen. Jemand erstickt seinen Schrei.

Mildes Licht liegt auf dem Küchentisch. Eine abendliche Seenlandschaft aus Limonadenspritzern hat sich um Lenas Glas gebildet.
„Wie waren deine Eltern?", fragt Lena.
Er wendet sich ab, um seine Freude zu verbergen. Dass sie sich für ihn interessiert. Er kann nicht antworten.
„Wie Eltern nun mal so sind", sagt er, „ich erinnere mich kaum noch an sie."

Nachts wagt er nicht mehr zu schlafen. Bleibt vor Lenas Tür stehen. Lauscht ihrem leisen Schnarchen. Sitzt dann auf der Eckbank, Hand auf dem Bauch. Was für ein schwerer Sack von einem Körper, denkt er. Er stellt sich vor, ein Hund zu sein. Ein großer, treuer Hund. Lena würde einen Hund mögen.

Lena steht im Türrahmen. Mondlicht auf ihren weißen Wangen.
„Geht es dir nicht gut?", fragt sie.
„Doch", sagt er. „Es ist schön, dass du hier bist."
„Hast du keine Freunde?", fragt sie.

„Mir fällt keiner ein", sagt er.
„Auf der Straße hat man auch keine Freunde", sagt Lena. „Aber du bist doch hier zu Hause."
Er zuckt die Schultern.
„Schade", sagt Lena.

Schlaflos unter der Decke liegend, denkt er an ein altes Gedicht. Er hat es als Junge gelesen. Es handelte von einem Mann, der aus Liebe zu einer Göttin in Raserei verfällt und sich mit einem Stein kastriert.

Am nächsten Tag kommt er von der Arbeit und zwei Polizisten stehen vor seiner Tür. Man sage, er habe eine Minderjährige bei sich wohnen. Er ist wie in einem Nebel. Was werden sie mit ihm machen? Aber als er willenlos den Schlüssel umdreht, weiß er plötzlich, dass Lena nicht mehr da ist. Die Polizisten sehen in jeden Winkel. Es gibt keine Spur mehr von ihr, außer der kleinen Mulde in der Matratze auf dem Boden, die nur er sehen kann.

Danach gewöhnt er sich an, abends ein paar Flaschen Bier zu trinken, bevor er schlafen geht. Das Licht des Mondes auf der zerschlissenen Eckbank. Er stellt sich vor, wie Lena durch die Straßen läuft.

Wie sich die Sterne in ihren Augen spiegeln. Stellt sich vor, wie ein großer Hund an ihrer Seite trottet. Ihre warme Hand auf seinem Kopf.

Eisblumen

Als ich am Flughafen in St. John's ankam, war Lucy nicht da. Über den Zollschaltern hingen blinkende Plastikweihnachtsmänner. Die Menschen im Neonlicht wirkten verschwommen wie auf einem unscharfen Foto. Ich fürchtete einen Moment lang, ich hätte alles nur geträumt – die Zeit mit Lucy im Sommer, ihre sehnsuchtsvollen Briefe der letzten Monate.

Eine Frau stürmte auf mich zu. Babyrosa Anorak und silberblondes Haar. „Bist du Malte aus Deutschland?" sagte sie, „ich bin Bria. Lucy schickt mich." Sie sah merkwürdig künstlich aus, wie eine Puppe. Bei ihr hatte Lucy ein Zimmer gemietet. „Lucy hat dir von mir erzählt, nicht wahr?" sagte sie, als wir im Auto saßen. Draußen eine lichtgesprenkelte Ebene, grauer Schnee an den Straßenrändern. Ich hatte eine Stadt erwartet, alte Häuser, schöne Universitätsgebäude. „Ich war noch nie so weit weg von zu Hause", sagte ich, und Bria lachte.

Wir bogen in eine Siedlung ab. Häuser wie Schuhschachteln, an der Straße aufgereiht. Bria hielt an. Lucy erschien im Licht der Haustür. Sie umarmte mich. Ihr schwarzes Haar war kürzer geschnitten als im Sommer, fiel ihr lockig ins Gesicht. Ich hielt ihre Hand fest. Sie sagte meinen Namen. Seit dem Sommer hatte ich mir diesen Moment immer wieder vorgestellt.

Später lagen Lucy und ich auf der großen Matratze in ihrem Zimmer.
„Ich hätte dich abholen sollen", sagte Lucy. Streichelte sanft meinen Schenkel.
„Ist schon okay", sagte ich.
„Bria ist komisch", sagte sie, „führt sich auf wie meine Mutter." Ich dachte an meine Eltern. Ich hatte ihnen von Lucy erzählt, und sie hatten Angst, dass ich nicht mehr zurückkommen würde. Trotzdem hatten sie mir den Flug bezahlt. „Aber das Zimmer ist billig", sagte Lucy. Sie küsste mich, und ich tauchte in ihren Duft ein.

Am nächsten Morgen bedeckten Eiskristalle die Fensterscheiben. Ich fuhr im Bus mit Lucy zum Campus. Er war nur ein paar Meilen entfernt inmitten der grauweißen Fläche.
„Wenn ich genügend Geld hätte, würde ich in der Großstadt studieren", sagte Lucy.

„Aber St. John's hat einen so guten Ruf", sagte ich, „sogar bei uns in Deutschland." Sie lachte.

Mitten auf dem Campus ragte ein gigantisches Hochhaus auf. Lucy ging hinein, zu einer Literaturvorlesung. Ich lief über die schneebedeckten Wege und blickte in den weiten, fremden Himmel. Dachte an diesen Sommer, als ich Lucy bei einem Italienischkurs in Rom kennengelernt hatte. Wie sie mich auf einem abgelegenen Hügel im Forum Romanum geküsst hatte. Das winzige Hotelzimmer, die Sonnenstrahlen, die durch die Jalousetten auf unsere Haut fielen. Abends tranken wir Wein in grün umrankten Innenhöfen. Eine neue Zeit hatte begonnen.

Nach Lucys Vorlesung liefen wir über den Freeway, der breiter war als jede Straße, über die ich je gelaufen war. Wir aßen Pizza an einem rosa bemalten Stand. Auf einem Schild stand: „Made with real cheese".
„Mit was sonst?", sagte ich.
Lucy lachte. „Wir sind in Kanada", sagte sie.
Ich blickte um mich, auf knorrige Bäume, endlosen Schnee, ein fernes Ampelleuchten am Freeway. Alles schien von einem silbrigen Glanz überzogen.

„Ich würde gerne herkommen", sagte ich, „hier studieren."
Lucy schwieg eine Weile. „Überleg dir das gut", sagte sie dann.

Bria stand in der Küche und rieb an einer Lammkeule herum.
„Tyler kommt zum Abendessen", sagte sie zu Lucy. Sah mich kaum an.
„Brias Professor-Freund", sagte Lucy.
„Müsst ihr in meiner Küche knutschen?", sagte Bria.
Lucy ließ mich los. „Ich helf dir mit der Keule", sagte sie zu Bria.

Tyler trug einen hellen Cashmerepullover und einen weißen Schal. Wie ein schwuler Künstler. Er war Professor für Filmwissenschaft oder sowas.
„Du siehst fantastisch aus", sagte er zu Bria. Wir saßen um einen runden Tisch. Das Wohnzimmer war voller grüner Plüschmöbel, Vitrinen und Keramikhündchen.
„Beaujolais?" fragte Lucy. Ihre Augen schimmerten lila im Licht der Kerze. Ich sehnte mich danach, mit ihr über den Schnee zu laufen, ihre Hände an meinem Körper zu wärmen.

„Ich bin in der Stadt aufgewachsen", sagte Bria, „hierher zu ziehen war wie auf dem Mars zu landen." Ihre Stimme klang affektiert, und sie trank schnell. „Tyler hat wirklich Ahnung", sagte sie, „bis ich ihn kennenlernte, dachte ich, Blue Velvet sei der beste Film des Jahres."

Tyler lächelte beifallheischend.

„Und jetzt?" fragte Lucy.

Ich suchte vergeblich ihren Blick. Warum saßen wir überhaupt hier und gingen nicht hoch in ihr Zimmer? Tyler und Bria wollten doch sicher allein sein.

„Das ist eine sehr schöne Wohngegend", sagte Tyler.

„Oh", sagte Bria, „ich habe ja so ein Glück. Dass Lucy jetzt bei mir wohnt." Sie zwinkerte Lucy zu. Ich trank ein paar Schlucke aus meinem Glas. Ich mochte keinen Wein. Er stieg mir gleich in den Kopf. „Es war so einsam vorher", sagte Bria.

Die Lammkeule lag nackt in der Mitte des Tisches.

„Ich finde auch, dass Blue Velvet der beste Film des Jahres ist", sagte Lucy.

Bria stand auf und holte eine Whiskyflasche aus der Anrichte. Dämpfte das Licht.

Lucy sah mich immer noch nicht an. Tyler lächelte in die Runde.

„Es gab ein paar sehr interessante Festivalbeiträge in Toronto", sagte er.

Bria griff nach dem Whisky. Blickte mir in die Augen.

„Malte", sagte sie, „dass du aus Deutschland bis hierhergekommen bist!" Ihr Haar leuchtete in dem schwachen Licht, als sei es mit Neonfarbe bestrichen.

„Woher aus Deutschland kommst du denn?" fragte Tyler.

Ich wollte antworten, aber Bria unterbrach mich.

„Du magst Lucy sehr, nicht wahr?" sagte sie.

In der Vitrine neben dem Tisch saßen drei gepunktete Rottweiler aus Keramik und blickten mich wütend an.

„Ich auch", sagte Bria, „ich mag Lucy auch, wirklich sehr." Es klang wie eine Drohung.

„Der neue Film von Denys Arcand war klasse", sagte Lucy. Ihre Stimme zu laut, wie durch ein Mikrophon.

„Und ich kenne sie gut", sagte Bria.

„Ein bisschen zu sehr mainstream", sagte Tyler.

„Ich kenne Lucy sehr gut", sagte Bria. Sie schwenkte ihr Glas. Ich dachte an den Schnee draußen, das Campus-Hochhaus, den rosa Pizzastand. Irgendwas stimmte hier nicht in St. John's. Es war wie in einem dieser Bücher von Stephen King, wenn ganz langsam klar wird, dass etwas nicht in Ordnung ist.

Bria starrte mich immer noch an, als existierten die anderen nicht mehr. „Du denkst, sie ist deine Geliebte", sagte sie, „aber das stimmt nicht. Sie ist meine."

Ich sah Lucy an. Sah die Panik in ihrem Blick.

Bria stand auf, lief um den Tisch herum und stürzte sich auf Lucy. Erst dachte ich, sie wollte sie schlagen, aber dann sah ich, dass sie sie küsste. Ihre Lippen waren auf Lucys Mund gepresst, und Lucy wehrte sich nicht. Ich wollte aufspringen, Lucy verteidigen, aber ich konnte nicht. Endlich ließ Bria von ihr ab.

„Dieses Versteckspiel", sagte sie, „es ist Zeit, damit aufzuhören. Keine Alibimänner mehr. Bitte, Lucy."

Lucy strich leicht über Brias Haar. Zärtlich. Blickte mich an, weniger zärtlich.

„Tut mir echt Leid, Malte", sagte sie, „es war wohl ein schlechter Zeitpunkt, nach Kanada zu kommen."

Die Eisblumen glitzerten am Küchenfenster. Lichtkreise auf dem Tisch. Ich lehnte meine Stirn an die Wand. Im Flur sprach Tyler ins Telefon, kam dann in die Küche.

„Armer Junge", sagte er, „du hast dir den Abend sicher auch nicht so vorgestellt."
Wir schwiegen. Durch die Wohnzimmertür hörte ich die gedämpften Stimmen von Bria und Lucy. Bis eben hatte ich Tyler albern gefunden, aber jetzt wünschte ich mir, er würde mich fragen, ob ich mit ihm kommen wolle. Vielleicht war seine Wohnung warm und voller Licht. Es hupte. Ich folgte Tyler zur Haustür und blickte dem Taxi nach. Der Himmel in der Ferne schimmerte gelb von den Lichtern des Campus. Es wurde kälter.

Ein schöner Abend am Kanal

Jeden Abend bleibe ich vor Haus vier stehen, bevor ich hineingehe. Ich prüfe, ob irgendwo auf den ockerbraunen Platten ein neuer Fleck erschienen ist. Ob auf einem der nackten Balkone vielleicht plötzlich eine rotgestreifte Markise hängt oder eine meterhohe Sonnenblume das Geländer überragt. Aber jeden Abend ist alles wie immer. Jeden Abend sieht Haus vier genauso aus wie die sieben anderen Häuser auf diesem Gelände, mit ihren sieben Stockwerken, ihren Platten und Balkonen und düsteren Eingängen. Ich fasse nach den drei Bierflaschen in meiner Einkaufstasche, ärgere mich, dass ich keine vierte gekauft habe, umlaufe ein hingeworfenes Kinderfahrrad und eine Plastiktüte, die zwischen den Betonplatten klebt. Im Treppenhaus riecht es nach Katzenklo, und bei jeder Stufe klirren die drei Flaschen aneinander, als vermissten sie die vierte.

Im dritten Stock stehen die Schuhe vom Dornhagen im Flur, der hatte wohl Frühschicht heute, hat mal in Hallendorf gewohnt, davon redet er gern, vom Beben des Stahlwerks rund um die Uhr und dem Kommen und Gehen der Saisonarbeiter, die dort in billigen Absteigen wohnen und von ihrem Leben erzählen, das irgendwo weit weg angefangen hat. Jetzt ist der Dornhagen hier in Thiede, wegen einer Frau sei er hergezogen, sagt er, ist aber nichts geworden auf lange Sicht, so geht das. Als ich meine Wohnung aufschließe, öffnet sich eine andere Tür und der Rastalockentyp schlurft in den Flur. Der ist tagsüber meist zu Hause, behauptet aber einen Job in Braunschweig zu haben, Thiede gehöre ja fast zu Braunschweig, sagt er, ein bisschen langweilig, aber billiger. Kann ich mal dein Telefon benutzen?, fragt er jetzt, sein Handy sei kaputt und Festnetz brauche ja heutzutage keiner mehr, der nicht gerade scharf darauf ist, von der Telekom abgezockt zu werden. Ich winke ihn herein und suche eine Weile mein Telefon, das ich gestern Abend irgendwo versteckt habe, damit ich nicht in Versuchung komme, Anna anzurufen.

Der Rastatyp zündet sich eine Zigarette an und ich hoffe, dass er mir eine anbietet, macht er aber nicht. Ich gebe ihm mein Handy, weil ich das Telefon nicht finde, und er nuschelt ins Mikro, wird wohl nichts, nee, muss arbeiten, später vielleicht, ich melde mich, tschüss. Ey Mann, sagt er, als er fertig ist, hast du vielleicht'n Bier für mich? Ich halte ihm die Einkaufstasche mit den Flaschen hin und er nimmt eine raus, du bist echt meine Rettung, Mann.

Zwei Flaschen Bier werden nicht reichen, um mit dem Denken aufzuhören, und so bin ich zehn Minuten später wieder draußen. Laufe an Haus zwei und fünf vorbei und an dem Wäscheplatz, auf dem sich ein Blümchenbettbezug im Wind bläht und den Eindruck erweckt, es gäbe hier Leben. Das Auto steht in der Stichstraße neben einem Graben, der dient der Entsorgung von Bierdosen und Kondomen. Die Sache mit den Kondomen beschäftigt mich immer, denn hier gibt es nirgends eine Stelle, die nicht von den Hochhäuserfenstern beobachtet wird, es sei denn man begäbe sich jenseits der einigen Privilegierten vorbehaltenen Garagenhäuschen auf das Feld, wo der Ausblick auf die Autobahn womöglich anregend wirken könnte, von wo aus es aber wiederum umständlich wäre, die gebrauchten Kondome bis zum Graben zu tragen. Anna würde jetzt fragen, warum ich mir über jeden Mist Gedanken mache, und überhaupt warum ich für die kurze Strecke zum Real das Auto nehme, und so steige ich ein.

Der Laden ist fast leer, Neonlicht spiegelt sich in feuchten Flecken dem Boden. Mit zwei Flaschen

Bier in den Händen gehe ich zur Kasse. Da sitzt der Junge mit dem Piercing in der Augenbraue und zieht wie immer gelangweilt meinen Proviant über den Scanner. Es kommt mir vor, als sei er jünger geworden in den drei Monaten, die ich hier wohne, und möglicherweise ist es ja auch so, dass die anderen jünger werden und nur ich älter. Ohne hochzugucken sagt der Junge: „Schönen Abend noch." Das hat er noch nie gesagt. Erstaunt gehe ich hinaus. Die untergehende Sonne kleckert einen Tropfen Wärme auf mein Gesicht, und ich denke ans Meer. Da könnte es einen schönen Abend geben. Aber Meer gibt's hier nicht. Allenfalls der Salzgittersee könnte einen ans Meer erinnern, wenn man sich richtig Mühe gibt. Aber da kann ich nicht hin, denn da bin ich mit Anna gewesen, letzten Sommer von Braunschweig aus, und wir haben übers Wasser geguckt und uns an den Händen gehalten und es hat sich damals schon angefühlt, als seien unsere Hände einander fremd, und damals schon grollte etwas in mir, als ich die Paare sah, wie sie ihre Picknickkörbe und Kinder ins Auto packten und einander anmeckerten (schlimm) oder küssten (noch schlimmer). Aber irgendwas mit Wasser wäre schön, denke ich, und lasse das Auto einfach fahren und mir fällt ein, was mir der Dornhagen neulich erzählt hat, dass es in Beddingen eine Kanalbrücke gibt, nur für Fußgänger und Fahrradfahrer, seit den 60ern, dass die Leute in Beddingen die Brücke brauchen, um den Bus nach Lebenstedt zu erreichen, und die Leute aus Üfingen und Saunigen, um mit dem Fahrrad zur Arbeit im Hafen oder bei Volkswagen zu fahren, und überhaupt die Menschen aus den Dörfern, die der Kanal getrennt hat, um einander zu treffen. Dass trotzdem schon seit Jahren geplant ist, die Brücke abzureißen, weil das Kanalbecken für größere Schiffe umgebaut wird und die Brücke da im Weg ist. So ist das heute, hat der Dornhagen gesagt, wenn etwas im Weg ist, wird es weggemacht, und etwas ist immer im Weg, weil immer etwas Neues gemacht wird, denn nur das Neue scheint gut. Und natürlich denke ich jetzt doch wieder an Anna und ihren neuen Typen, und dass ich auch im Weg war und jetzt weg bin und durch das Wohngebiet von Beddingen kurve, um eine Brücke zu suchen, die auch im Weg ist und weg soll. Und dann stehe ich auf dem obersten Punkt des gewölbten Betonbodens zwischen rostroten, mit Graffiti übersäten Pfeilern, über denen sich ein ebenso rostroter Bogen über die Brücke spannt, und wenn ich nach links und rechts blicke, sehe ich die lange Reihe der sich verkleinernden Pfeiler und fühle den Schwung dieser Brücke, wie sie vibriert unter mir, und sie scheint etwas Größeres als eine bloße Fußgängerbrücke, etwas, bei dem man sich genau überlegen sollte, ob man es einfach wegmachen kann, ohne dass daraus etwas folgt, das man nicht überblickt.

Ein paar hundert Meter weiter kanalabwärts überquert die Autobrücke das Wasser. Ihre zwei Bögen, ebenso rostrot wie die meiner Brücke, spiegeln sich im glatten Wasser. Davor liegt ein Kahn mit einer dicken, hölzernen Schnauze. Dort wabert ein wenig Nebel über dem Wasser, als habe sich der Gott des Kanals eine Zigarette angezündet. Hinter der Brücke stehen zwei dicke Türme vom Stahlwerk, der eine nur halb so hoch wie der andere. Rechts am Horizont steigt eine Rauchwolke hoch und wird vom Wind zerfleddert, und die Sonne verschwindet hinter den Bäumen. Mein Handy klingelt. Nummer unbekannt.

Ist Johnny bei dir?, fragt eine weibliche Stimme aus dem Hörer, der hat mich von deinem Handy angerufen. Wo seid ihr denn?
Ich bin am Kanal, sage ich, während mir langsam dämmert, dass es sich bei Johnny um meinen Rastafari-Nachbarn handeln muss.

Zieht ihr einen durch oder was?, sagt die Stimme, die mir irgendwie sympathisch ist, und wo ist Johnny?

Keine Ahnung, sage ich, vielleicht zu Hause?

Na, dann bin dann in ner halben Stunde bei ihm, das kannste ihm ausrichten. Und weg ist die Stimme, die, so stelle ich mir vor, einer Anfang-20-Jährigen mit Adlertattoo auf der Schulter gehört, einer, die eine grüne Strähne in den schwarzen Locken trägt, die immer sagt, was sie denkt und deren Küsse nach Hanf schmecken. Einer, die so ist, wie Anna mal war, bevor die Langeweile kam und dann die ewigen Streitereien, mit denen wir uns die Langeweile vertrieben haben, bevor wir schließlich einander vertrieben haben. Ich kann nur für Rasta-Johnny hoffen, dass er die Sache nicht so vermasselt. Dunkelheit senkt sich jetzt langsam über das Wasser. Um die Schnauze des Kahns kräuseln sich Wellen. Bewegt er sich? Nein, hier fährt niemand irgendwohin. Hinter den Bäumen rechts irgendwo muss Schacht Konrad liegen, Inbegriff des Widerstands gegen die Atomlobby und eigentlich gegen alles andere auch, denn wer leistet heute noch Widerstand, wer weiß überhaupt noch, wogegen er Widerstand leisten sollte? Die Wellen um den Kahn sind höher geworden, als wühlte ein großer Fisch sie von unten auf. Es gibt hier noch ein paar Fische, auch das hat mir der Dornhagen erzählt, aber fast nur Aale und Flussbarsche, weil es kaum noch Biotope im Uferbereich gibt, und wenn der Kanal weiter ausgebaut ist, wird das Wasser noch leerer. Ich blicke nach unten, da ist nur glatte, dunkle Fläche. Wie schwer wäre es, über das Geländer zu klettern und sich hineinfallen zu lassen? Ein Lichtschein am Horizont lässt mich wieder hochsehen – hat die Sonne gewendet, steigt sie am westlichen Horizont wieder auf, ein unmissverständliches Zeichen des Gottes, an den ich nicht glaube? Aber es ist nur Feuer, das ein hinter den Bäumen verborgener Schlot des Stahlwerks in den Himmel spuckt. Einen Moment lang glaube ich, das Beben dieses Ausbruchs unter meinen Füßen zu spüren, als könne das Feuer durch den schwebenden Boden in mich hineinfließen mitten in mein Herz, das es aufnimmt wie eine offene Wunde, die nur auf den brennenden Schmerz gewartet hat. Ich halte das nicht aus, und so wende ich mich ab und gehe zur anderen Seite, wo ich mich wieder beruhige beim Blick kanalaufwärts. Dort spiegeln sich buschiges Grün und letzte rosa Wölkchen im Wasser und dahinter setzt die scharf umrissene Silhouette des Silos einen Kontrapunkt, bevor der Kanal sich im Abend verliert. Erst jetzt fällt mir das Haus auf, das gleich neben der Brücke unten am Ufer steht, ich muss daran vorbeigegangen sein, ohne es zu bemerken. Es ist von zwei Meter hohem Stahlzaun umgeben und sieht eher wie eine Arbeitshütte aus, doch Topfpflanzen und eine Satellitenschüssel weisen darauf hin, dass hier jemand wohnt. Ich stelle mir vor, wie dieser Jemand hinaustritt und zur Brücke hinübersieht auf einen einsamen Mann, der einen schönen Abend sucht, und wie er oder sie dort stehenbleibt, während der einsame Mann langsam zu seinem Auto geht und wieder zurück zu seiner einsamen Wohnung fährt, dort weiter stehenbleibt und auf den Kanal blickt, auf dem sich langsam der Nebel der Nacht ausbreitet wie die sinnlosen Träume derer, die schlafen können.

Später parke wieder neben dem Graben, ignoriere die Kondome, gehe an Haus zwei und fünf vorbei und an dem immer noch sich wölbenden Blümchenbettbezug und plane auch nicht, vor Haus vier stehenzubleiben, tue es dann aber doch, weil in dem Moment Johnny aus der Tür kommt, den haarigen Arm um eine Frau gelegt, die langes blondes Haar hat und ein rosiges Mädchengesicht und gekleidet ist, als sei sie gerade einem H&M-Prospekt entstiegen. In meiner Wohnung stelle ich die zwei neu gekauften Bierflaschen zu den beiden anderen und betrachte sie eine Weile, bevor ich alle vier in eine Plastiktüte packe und sie vor die Tür von Johnnys Wohnung stelle. Ich setze mich ans Fenster, vor dem jetzt nur noch Dunkel ist, lehne meinen Kopf zurück und schließe die Augen. Ich höre das Telefon im Kleiderschrank klingeln.

Das Haus

Es war wunderschön. Ein zweistöckiges Gutshaus aus dem 19. Jahrhundert, ockergelb, schwer und doch elegant. Die symmetrische Fassade schimmerte im Licht der vergehenden Sonne. Drumherum Wiesen, ein Kornfeld, vereinzelt knorrige Bäume. Die Einfahrt war noch von Gras überwuchert.

Lisa öffnete die Tür. Sie trug ihr Haar länger, ihre sanften blauen Augen geschminkt.
„Es ist genauso, wie du es beschrieben hast", sagte ich.
„Meine Liebe", sagte sie, „es ist so schön." Ich wusste nicht, was sie meinte, das Haus oder unser Wiedersehen nach mehr als einem Jahr.

Die Haustür führte in eine Halle, hoch und dunkel wie eine Kirche. Nur die Wände waren beleuchtet, und die Bilder: Kohlezeichnungen in erstaunlicher Größe zeigten Figuren, Paare in seltsamen Umarmungen.
„Es ist noch nicht fertig eingerichtet", sagte Lisa, „wir haben so viel daran gearbeitet, du weißt ja."

Ich dachte an ihre Briefe der letzten Monate. Sie hatte fast nur von dem Haus erzählt.

Im Wohnzimmer hockte Shiva vor dem Fernseher. Sie war im Juli vier geworden, doch sie wirkte älter. Ihr Haar war dunkel, wie das von Ruben, ihr Gesicht zart und ruhig. Sie blickte kaum auf.
Lisa stellte eine Karaffe mit Sherry auf den Couchtisch.
„Ich hab meine alten Freunde vernachlässigt", sagte sie.
„Hast du hier neue gefunden?"
„Es ist eine seltsame Gegend", sagte sie.
Das Geräusch eines Motors draußen.
„Ruben kommt", sagte Lisa.
Ruben: groß und dunkel, mit diesem schmalen Künstlergesicht. „Schön, dass wir uns mal wiedersehen", sagte er. Reichte mir die Hand über den Tisch hinweg. Ich wünschte, er würde mich umarmen.

Später saßen wir im Esszimmer an einem riesigen Eichentisch. Große Fenster, neu eingesetzt. Dahinter das Grün der Wiesen, dunkler werdend bis hin zu einer Allee von Pappeln.
„Ich habe Blumen gebastelt im Kindergarten", sagte Shiva. Das klang, als sei es ihre Pflicht uns zu

unterhalten. Vielleicht das Alter. Was wusste ich schon von Kindern.

„Du musst dir den Ort ansehen", sagte Lisa zu mir, „er hat Häuser wie Zwerge."

Ruben sagte: „Sieht immer noch aus wie vor zweihundert Jahren."

Mein Zimmer lag im ersten Stock. Eine Glastür führte auf die Terrasse. Unten im Garten griechische Götter in kniehohem Gras. Ich legte mich aufs Bett, dachte an früher: Lisa, Ruben und ich in den Jahren des Studiums. Wir hatten alle französischen Filme gesehen, nächtelang Rotwein getrunken, im Sommer nachts im Fluss gebadet neben dem Studentenwohnheim.

Mitten in der Nacht schreckte ich hoch. Draußen die dunklen Wiesen, Baumschatten wie Gespenster. Eine Grille zirpte. Ich war das Land nicht gewohnt. Zu Hause, vom fünften Stock aus, blickte ich auf Dächer, grau und rot, dahinter das Uni-Hochhaus. Bäume nur ein paar, an der Straße weit unten.

Ich hörte Stimmen im Haus. Eine Männerstimme, zornig. Ein Weinen. Ich rollte mich auf der Seite zusammen.

„Wie läuft es bei dir?", fragte Lisa beim Frühstück, „hast du einen Neuen?"
„Davon hätt' ich dir geschrieben", sagte ich.
„Immer nur Arbeit?"
Ich schwieg. Lisa wusste, dass ich meinen Job an der Uni liebte. In meinen Briefen hatte ich ihr von dem Buch erzählt, an dem ich schrieb.
„Manchmal denke ich, dass ich auch gerne arbeiten würde", sagte Lisa, „naja, vielleicht muss ich ja bald."

Am Nachmittag liefen wir durch breite, gepflasterte Straßen. Shiva an Lisas Hand. Niedrige Backsteinhäuser und Fachwerk, rau verputzt. Kaum Menschen auf den Straßen. Schließlich das Schloss, sein barocker Garten von der Sonne durchflutet. Als hätte eine längst vergangene Zeit begonnen und die nahe Vergangenheit wäre verschwunden.
„Ja, das ist es wohl", sagte Lisa. „Und dann das Haus. Ich habe mich sofort in das Haus verliebt. Und Ruben auch. Obwohl er ja ein Stadtmensch ist. Wie du."

Als wir zurück waren, blieb ich in der Halle stehen. Die Bilder: Seltsam verrenkt und gespreizt die Körper des Mannes und der Frau auf ihnen allen, als wüssten sie nicht, wohin miteinander. In den

Hintergründen schiefe Wände oder schwarze Monde. „Ich weiß", sagte Lisa, „etwas Buntes würde besser passen."

„Wer hat sie gemalt?", fragte ich.

„Er lebt im Ort", sagte sie.

Ruben kam nicht zum Abendessen. Lisa knallte die Teller auf den Tisch. „Es ist unhöflich", sagte sie, „jetzt wo Besuch da ist."

Als Shiva im Bett war, holte Lisa die Sherryflasche. Sie trank schweigend.

„Ist was nicht in Ordnung?" fragte ich nach dem dritten Glas.

Lisa strich sich heftig über die Stirn. „Frag Ruben!", sagte sie, „frag ihn, was nicht in Ordnung ist! Er ist nicht mehr derselbe wie früher."

Sie weinte.

„Gehst du noch manchmal in die Kneipe am Kino?", fragte sie. „Da hat mir Ruben den Heiratsantrag gemacht."

Ich erinnerte mich. Sie hatte es mir am folgenden Abend erzählt, voller Glück ihre Stimme, und ich hatte die ganze Nacht nicht geschlafen.

Ich legte einen Arm um sie, und wir redeten weiter von alten Zeiten.

In der Nacht erwachte ich von einem Geräusch. Mein Kopf war schwer von Wein und Sherry. Vielleicht hatte ich geträumt. Ich öffnete die Tür zur Terrasse. Der Mond klebte am Himmel, fast rund. Ein Stück entfernt, zur hinteren Seite des Hauses hin, eine Gestalt. Es war Ruben. Er rauchte.
„Kannst du nicht schlafen?", fragte ich.
„Ich schlafe kaum noch", sagte er.
Sein Gesicht sah anders aus im weißen Mondlicht. Sein Kinn stoppelig, Tränensäcke unter den Augen.
„Stress in der Firma?"
„Das Übliche", sagte er.
Ich lehnte mich an die Brüstung.
„Malst du noch?"
Er schwieg. Die Grille begann wieder zu zirpen.
„Vielleicht brauchst du einen Ausgleich."
„Du mit deinen Ratschlägen", sagte er.
Wind hob sich und ließ die Gräser und Bäume in verschiedenen Tonarten singen.
„Bist du glücklich mit Lisa?"
Hatte ich diese Frage wirklich gestellt? Er gab keine Antwort.

„Ich habe euch reden gehört, heute Nacht", sagte Lisa.

Ihr Gesicht war grau, die Augen rot gerändert. Sie verschüttete Kaffee. „Mein Schlafzimmer ist unter deinem. Er schläft oben, allein."

Sie zerrte eine Scheibe Toastbrot aus der Packung.

„Vielleicht braucht er einfach mehr Freiraum", sagte ich.

Lisa schleuderte die Brotscheibe auf den Tisch.

„Du glaubst, du weißt alles", sagte sie. „Du verstehst ihn, ja, natürlich. Du glaubst, jetzt ist deine Stunde gekommen, nicht wahr?"

Ich stand auf. Lisa folgte mir nicht. Ich stieg in mein Auto und fuhr die Einfahrt hinaus. Es war wie früher, als ich fünfzehn, sechzehn war. Wenn meine Mutter mir sagte, was sie alles an mir falsch fand. Ich parkte im Ort und lief durch die Straßen, verirrte mich. Ich versuchte zu weinen.

Ich stand vor einem Schild. Darauf der Name, den ich in krakeliger Signatur auf den Bildern in der Halle gesehen hatte. Ein Atelier, Bilder im Schaufenster. Landschaften in Kohle und Acryl.

Der Maler war älter, als ich gedacht hatte. Blaue Augen, ein Gesicht voller Leben.

„Ich kann Ihnen noch mehr Bilder zeigen", sagte er.

„Hab schon welche gesehen", sagte ich, „bei meinen Freunden im Gutshaus."

Er nickte. „Ich habe sie eigens für Ruben und Lisa gemalt. Habe versucht, die Stimmung zu treffen."
„Die Stimmung?"
„Erfassen wir immer genau, was wir fühlen?", sagte er.
„Ruben hat früher auch mal gemalt", sagte ich.
Der Maler lächelte. Ich spürte die Kraft in seinen Augen.
Ich sagte: „Irgendetwas passiert mit den beiden, und ich weiß nicht, was es ist."
„Was wird sich ändern, wenn Sie es wissen?", fragte er.

Lisa stand vor der Tür, als ich kam. Sie lief auf mich zu und umarmte mich. „Es tut mir so leid", sagte sie. Ihre Tränen liefen an meinem Hals herunter, ihr Atem roch nach Sherry. „Ich war nicht ich selbst", sagte sie.

Shiva spielte in der Halle mit Lego. Ich sah ihr zu.
„Ich baue ein Haus", sagte sie, „es ist größer als das Haus von Mama und Papa."
Früher hatte ich manchmal gewünscht, sie wäre mein Kind. Jetzt war sie mir fremd. Was wäre, wenn ich eigene Kinder hätte? Würde ich sie auch eines Tages anblicken wie Fische in einem Aquarium?

„Das Haus ist wie Klebstoff", sagte Lisa, „es klebt uns zusammen, Ruben und mich. Auch Shiva ist Klebstoff. Aber er hält nicht mehr."

„Warum nur?" fragte ich.

Sie schüttelte den Kopf und begann, die Küche aufzuräumen.

Der nächste Tag war ein Samstag. Ruben war zum Frühstück da, jonglierte mit Tassen. „Cappuccino für die Damen", sagte er und erklärte mir die Kaffeemaschine, frisch gekauft.

Wir gingen zusammen in den Ort. Autos holperten übers Pflaster.

„Ich hab gestern den Maler getroffen", sagte ich.

Shiva sagte: „Der Maler ist doof."

„Warum?", fragte Lisa.

Shiva schob die Unterlippe vor und schwieg.

„Lass sie doch", sagte Ruben. Er legte einen Arm um Lisa. Sie wich zurück.

Am Abend spielten wir Backgammon, wie früher.

Ich konnte nicht schlafen. Blickte zum Fenster hinaus, bis die Wiesen silbrig verzaubert wurden. Unter mir hörte ich leise Stimmen. Neben einer Gipsstatue stand Lisa mit dem Maler. Sie flüsterten, gestikulierten.

Lisa hängte Wäsche auf. Wieder ein strahlender Morgen. Shiva kauerte im Wohnzimmer, sah fern. Ich wagte nicht, Lisa nach dem Maler zu fragen. Kam mir vor wie ein neugieriges altes Weib.
„Was wird denn nun mit euch?", fragte ich schließlich.
Sie zuckte die Schultern.
„Zwischen Ruben und mir ist nie was gewesen", sagte ich, „falls du das glaubst."
„Das spielt keine Rolle", sagte sie, „das hier ist was ganz anderes."

„Ich habe immer zu tun", sagte Ruben.
Er mähte das Gras in der Einfahrt.
„Familie", sagte er, „ist eine Verpflichtung bis in den Tod." Sein Gesicht sah grimmig aus. Wenn er mich plötzlich lieben würde, dachte ich, würde ich es nicht mehr wollen.

„Sie haben eine Affäre mit Lisa", sagte ich.
Der Maler klaubte Stifte zusammen, reinigte Pinsel, rollte Leinwand aus.
„Das ist Unsinn", sagte er. Seine Hände waren braun und stark wie die von einem, der Felder pflügt.
„Vor zwölf Jahren habe ich mich in diesen Ort verliebt", sagte er, „in diese Landschaft und ihr

Licht. Zwölf Jahre, aber ich bin ein Fremder geblieben."

Er sah mich an wie ein Buch, von dem man sich fragt, ob man es lesen sollte.

„Es gibt noch ein Bild, das im Gutshaus hängen sollte", sagte er. „Ich habe es nie gemalt. Nur die Skizze habe ich noch."

In der letzten Nacht schwieg die Grille. Ich dachte an Lisas und Rubens Ehe, ein Schauspiel auf ländlicher Bühne. Ich war nichts als Zuschauerin. Vielleicht nicht einmal das. Ich blickte den Mond an. Fühlte die Kälte in mir.

Am nächsten Morgen: Die Wiesen und Felder von goldenem Licht besprenkelt. Lisa trug meine Tasche zum Auto, umarmte mich lange.

„Mir tut alles so leid", sagte sie.

Ich sah das Haus an, verabschiedete mich im Stillen von ihm.

An einer Raststätte hielt ich an und packte die Zeichnung aus. Sie zeigte ein Kind, still mit zartem Gesicht, in einem Käfig.

Ich fuhr den Rest der Strecke durch. Die Landschaft verlor allmählich an Farbe. Bald würde ich zu Hause sein.

Dreams and Ashes

Als Therese in London ankam, flirrte die Stadt im Septemberlicht. Sie bezog ihr Zimmer in einem georgianischen Haus am Bedford Square. Ihre Mitbewohner waren Studenten, viel jünger als sie. Sie lief die Charing Cross Road hinunter zur Themse. Der Fluss war blau wie ein samtenes Tanzkleid. In ihm kräuselten sich die Houses of Parliament, der Big Ben, das neue Riesenrad. Noch nie hatte Therese die Stadt so strahlend gesehen.

Ihr Mentor, Possicle, trug einen zerknitterten Anzug, zeigte ihr das Institut und gab gute Ratschläge. Am dritten Abend nahm er sie mit zur Sitzung eines literarisch-philosophischen Clubs. Dort lernte sie Nicolas Crawley kennen.

Seine Nase war fein, die Lippen weich, um eine Zigarre gerundet
„Aus Deutschland", sagte er, „ich bin in Berlin gewesen, ein paar Mal. Habe die Dichter und Denker gesucht." Seine Augen von kühlem Blau und doch sanft.
„Ich schreibe eine Arbeit über Wordsworth", sagte Therese.

Er lächelte. „Sind Sie eine Dichterin?" fragte er.
Sie verstand nicht, was er meinte. Dachte lange nach in ihrem Zimmer über diesen Mann, sein Gesicht schien so seltsam, so weise.

„Crawley ist unser Star", sagte Possicle, „hat Bücher geschrieben, die intellektuell sind und sich trotzdem verkaufen."
Therese kaufte eins bei Waterstone's. Es ging darin um die Postmoderne und das Leben als Erzählung. Sie las es abends in ihrem Zimmer, hatte ein schlechtes Gewissen, dass sie nicht an Wordsworth arbeitete. Oder wenigstens hinaus ging, um die Themse zu sehen, die jetzt finster an den Mauern vorbeiziehen würde.

In der Woche darauf sprach sie Crawley auf das Buch an. Wie eine übereifrige Schülerin, dachte sie. Er lächelte, erzählte von der Zeit, als er es geschrieben hatte. Seine weiße Hand malte Worte in den Rauch der Zigarre.
„Wo haben Sie das Buch gekauft?" fragte er. Was für seltsame Fragen er stellt, dachte sie.
„Waterstone's", sagte er, „auch so eine Kette. Ganz London ist eine Kette, alles wiederholt sich."
„Es gibt viel Besonderes hier", sagte Therese.

„Naivität", sagte er, „ist das Privileg des Fremden."
Er lächelte milde wie ein alter Mann. Legte zum
Abschied seine Hand auf ihren Arm.

Sie kaufte „Dreams and Ashes", sein neues Buch.
Las es nachts im Bett. Sein Bild auf dem Umschlag,
fremd, irgendwie kindlich. Er war einer, der in die
Tiefe sehen konnte, da war sie sicher. Einer, der die
Botschaften dieser Stadt verstand, auch wenn er
zynisch schien. Sie sah sein Gesicht, wenn sie über
die Themse blickte, hinüber zur glänzenden Royal
Albert Hall und dem Riesenrad, das er ein Symbol
für das neue, vergnügungssüchtige London genannt
hatte. Sie sah sein Gesicht in der schmuddeligen
Idylle des Barbican und auf den beängstigenden
Rolltreppen von King's Cross. Stundenlang lief sie
in London herum, dachte nicht mehr an
Wordsworth und hatte nicht einmal ein schlechtes
Gewissen.

„Keine Ahnung von Crawleys Privatleben", sagte
Possicle, nachdem sie sich getraut hatte, ihm in der
Cafeteria die Frage zu stellen. „Noch nie eine Frau
bei ihm gesehen. Man könnte ja denken ..." – er
machte eine Geste, die Therese nicht verstand, und
sie fragte nicht weiter.

Das Haus, in dem die Treffen des literarisch-philosophischen Clubs stattfanden, stand nördlich der Mall auf einer weißen Steinterrasse. Es war voller Kronleuchter und Marmor. Auch wenn sie es Possicle zu verdanken hatte, dass sie hierher kommen durfte, schien Crawley hier der heimliche König zu sein.

„London tut Ihnen gut", sagte er zu ihr, „Sie sehen mit jedem Mal glücklicher aus."

Er berührte ihren Arm, leicht wie eine Feder.

„Ich würde mich gerne mit Ihnen über ‚Dreams and Ashes' unterhalten", sagte sie und hoffte, dass ihre Stimme nicht zitterte.

„Vernachlässigen Sie etwa Wordsworth?", sagte er und ging nicht weiter auf ihre Bitte ein. Auf dem Rückweg war sie bedrückt, obwohl er beim Abschied ihre Wange geküsst hatte.

Am Donnerstag fand eine Institutsveranstaltung statt. „Da muss der Club wohl auf uns verzichten", sagte Possicle. Therese starrte auf ihre Finger. Sie las jetzt „Dreams and Ashes" zum zweiten Mal, lernte manche Sätze auswendig, auch wenn sie ihre Bedeutung kaum verstand. Am Mittwochabend rief sie Crawley an. Seine Stimme war kühl und eilig, doch er sagte zu. Samstagnachmittag an der Themse. Nach dem Telefonat starrte Therese auf die

Bäume am Bedford Square. Einen Moment lang fühlte sie sich, als hielte die Stadt sie gefangen.

Die Themse schimmerte in der Sonne und Crawley war bester Laune. Er erzählte über „Dreams and Ashes" und wie er auf die Idee gekommen war, das Buch zu schreiben.

„Man sollte sich selber nicht allzu ernst nehmen, wenn man ein Buch schreibt", sagte er. „Aber das wissen Sie ja, sind ja selber Dichterin."

Therese widersprach nicht. Sie kam sich manchmal schon vor wie eine Poetin, wenn sie Crawleys Sätze in ihrem Kopf hin- und herwendete.

„Es gibt gerade eine wunderbare Beckett-Aufführung", sagte er, „im Almeida, da müssen Sie hin."

„In Deutschland wird Beckett kaum noch gespielt", sagte sie.

„Ach, Deutschland", sagte er, „wollen Sie wirklich dahin zurück?"

Zum Abschied küsste er wieder ihre Wange. Therese ging lange an der Themse weiter, vorbei an roten Mauern und Pubs und lachenden Schwänen. Sie stellte sich vor, wie sie und Crawley im Almeida saßen, ihre Hände dicht beeinander.

Am Sonntag nieselte es. Therese versuchte, sich auf Wordsworth zu konzentrieren. Gegen Abend lief sie zu dem Waterstone's bei Picadilly und kaufte ein weiteres Buch von Crawley, „Flirting with Disaster". Picadilly Circus war voller Touristen, der Regen schimmerte lila und rot. Sie ging die Regent Street hinab. Das Literaturclub-Haus ragte weiß in den dunklen Himmel. Therese berührte seine kühle Wand, lehnte den Kopf dagegen, bevor sie weiterging. Sie folgte einem heimeligen Licht in die Arkaden der Mall, blickte durch die Glastür des ICA-Filmtheaters. Und sah Crawley. Er stand da, allein. Starrte auf einen Ständer mit Postkarten und setzte sich dann nach hinten in Bewegung, zum Kinosaal. Therese zögerte. Sie konnte ihn jetzt nicht ansprechen, nicht mit seinem Buch in der Hand. Sie wartete, bis sie ihn nicht mehr sah, löste eine Karte für den Film und ging in das dunkle Kino.

Es war der seltsamste Film, den sie je gesehen hatte. Zwei junge Männer, Taiwanesen, trafen sich, der eine vom Land, der andere aus der Hauptstadt. Sie redeten, verliebten sich, suchten und verloren einander. Dann, in der Mitte, führte der Film plötzlich in einen Urwald. Der eine der beiden Männer jagte nach allen Regeln der Kunst einen Tiger, der eigentlich ein Geist war, in dem sich wiederum der andere der beiden jungen Männer spiegelte, fand ihn schließlich und tötete ihn. In der traumhaften Stimmung des Films befangen, blieb Therese sitzen, bis alle den Raum verlassen hatten. Sie dachte nach. Diese Mischung von Freundlichkeit und Distanz. Die merkwürdige Geste, die Possicle gemacht hatte. Zwei junge Männer in einem Film, die einander liebten, und er, Crawley, gerade in diesem Film.

Draußen war es dunkel. Ein paar Schritte von ihr entfernt eine Gestalt in schwarzem Mantel. Crawley. Sie öffnete ihren Schirm, hielt ihn vor ihr Gesicht und folgte Crawley, der langsam die Stufen Richtung Soho hochstieg. Wobei will ich ihn ertappen, dachte sie. Bei einem heimlichen Date mit einem taiwanesischen Jüngling? Wenn sie schneller ginge, könnte sie ihn noch einholen, ihn ansprechen. Ihm sein Buch zeigen, das sie gekauft hatte. Das Buch! Sie trug es nicht mehr in der Hand. Musste es im Kino liegengelassen haben. Sie zögerte, lang genug, um Crawley aus den Augen zu verlieren. Schließlich lief sie weiter, schneller. Blickte in eine kleine Straße. Dort, sein Rücken. Die Luft roch nach Speck und chinesischen Gewürzen. Es wimmelte von Menschen hier. Therese wurde angerempelt, roch ihren Schweiß, ihre Stimmen ein schrilles

Gewirr. So viele Menschen an einem Sonntagabend! Sie wünschte, sie würde zu ihnen gehören, hätte ein Ziel, Freunde zu treffen vielleicht, in einem Restaurant, dessen Kellner sie mit Namen kannten.

Plötzlich blieb Crawley stehen, nur einen Moment, und verschwand in einem überdachten Hauseingang. Das Haus war gelb und schäbig, eingequetscht zwischen anderen schäbigen Häusern. Sie ging ihm nach. Rechnete mit abgewetzten Klingelschildern, unbekannten Namen. Stattdessen trat ihr ein Mann in den Weg, bullig, in schwarzem Anorak. Sagte etwas in einem fremden Akzent, das sie nicht verstand. Erst jetzt sah sie das Schild über der Tür:
„XXX EASTERN GIRLS FRESH & VERY VERY YOUNG".
Sie trat einen Schritt zurück. Spürte den Regen auf ihren Schultern. Starrte auf die Tür, durch die Crawley verschwunden war.
„Now, will you fuck off", sagte der bullige Mann.

Am nächsten Morgen floss die Themse seltsam grün, wie von Meeresalgen durchzogen. Therese spürte den Blick der Royal Albert Hall im Rücken. Drüben, irgendwo hinter dem Big Ben, lag unsichtbar die Mall, das Haus mit den

Marmorböden, das Kino, in dem „Flirting with Disaster" lag, in einer Plastiktüte auf einem Sitz. Wie sollte sie es Possicle erklären, wenn sie nicht mehr mit in den Club ging? Sie würde sowieso nicht mehr lange in London sein. Würde an Wordsworth arbeiten müssen, der in einer Zeit gelebt hatte so fremd wie die gelben Fassaden der Houses of Parliament. Dann würde sie zurückkehren in ihre Stadt oder vielleicht in eine andere, eine unter vielen, die einander alle glichen.

Katzenkopf

Es war im Herbst 1982, als die Sache mit dem Katzenkopf passierte. Ich war fünfzehn und kleiner als die anderen Jungen, und mein Stimmbruch hatte noch nicht angefangen. Ich erzählte Witze und machte Faxen, das rettete mich vor der Verachtung der anderen. Aber in dem Herbst verging mir das Lachen.

Es fing damit an, dass Blue mir dauernd auf der Pelle hing. Blue war im Frühjahr neu in die Klasse gekommen, und keiner konnte sie gut leiden. Blue war komisch drauf, das sagten alle. Sie hatte immer schwarze Sachen an, und ihre Haare standen vom Kopf ab, schwarze Haare mit einem Schimmer Blau, vielleicht nannte sie sich deswegen Blue.

Ich ging von der Schule nach Hause und Blue hängte sich an mich. Ich hatte keine Lust, dass die anderen mich mit Blue sähen und sie für meine Freundin hielten oder so. Andererseits ging sonst keiner mit mir. Blue redete die ganze Zeit. Sie erzählte Sachen, die sie in irgendwelchen Büchern gelesen oder im Fernsehen gehört hatte, und was sie dazu dachte, und das war ziemlich viel, was sie dachte, ich verstand es nur nicht sonderlich gut.

An dem Tag, als wir den Katzenkopf fanden, erzählte Blue von einem Typen, der die Atombombe über Hiroshima abgeworfen hatte, und wie gestört der immer noch sei. Dabei rollte Blue mit den Augen wie ein verrücktes Huhn. Ich beschloss, die Abkürzung durch den Wald zu nehmen, und hoffte, dass Blue nicht mitkommen würde. Aber sie lief weiter neben mir her und hüpfte über Wurzeln und Steine und redete dabei. Und dann blieb sie plötzlich stehen und war ganz still und starrte auf den Weg vor uns. Da lag er. Eine orange getigerte Schnauze. Augen wie aufgeschwemmte Rosinen. Da, wo der Hals gewesen war, sickerte Blut in die Walderde. „Oh nein", sagte Blue, „oh nein, das ist ja furchtbar. Das ist ein Omen."

„Das ist ein Omen", sagte Blue wieder am nächsten Morgen in der kleinen Pause „Wir müssen es herausfinden", sagte sie. Ihre Haare standen vom Kopf ab wie Kiefernnadeln. „Was?" fragte ich. „Wo der Katzenkopf herkommt", sagte Blue. „Das hat was zu bedeuten, dass der da liegt."

Blue wohnte mit ihrem Vater am Rand unseres Neubaugebiets, in einem weißen Haus mit grünen Fensterläden. Wir waren fast Nachbarn, aber ich war noch nie bei ihr im Haus gewesen. Jemand hatte erzählt, dass Blues Mutter in der Klapse war. Aber vielleicht war sie auch einfach nur abgehauen und hatte den Vater mit Blue sitzengelassen. Ich hatte ihn nur einmal gesehen, Blues Vater, von weitem. Er war ziemlich klein, wie ich, und sah ganz okay aus.

„Du hast keine Vorstellung, was abgeht", sagte Blue in der großen Pause. Sie schenkte mir ihr Pausenbrot und erzählte von Atomsprengköpfen, und dass sowieso bald alles vorbei wäre. „Keiner weiß, wer solche Dinge in der Hand hat" sagte sie, „das ist wie mit dem Katzenkopf. Sachen passieren, und die Spuren bleiben im Verborgenen." „Und du willst rausfinden, was läuft?" fragte ich. „Ich kann sowas fühlen", sagte Blue. Und legte mir ihre Hand mitten auf die Brust. „Da kann ich es fühlen", sagte sie. Ich schob sie weg und guckte, ob uns jemand gesehen hatte.

Nach der Schule passte ich Andi und den dicken Jens ab. Das waren so die Bescheidwisser in unserer

Klasse. Vielleicht war es nicht richtig, aber ich erzählte ihnen von dem Katzenkopf. „Blue meint, da stecken irgendwelche Verschwörertypen hinter", sagte ich. „Blue!" prustete Andi. „He, vielleicht gibt's das ja", sagte der dicke Jens, „Teufelsriten. In unserem Kaff. Stell dir vor." Er zog eine Schachtel Zigaretten aus der Tasche und klopfte sich eine raus. Andi wollte wissen, wo der Katzenkopf lag. „Da kann man vielleicht noch was mit anfangen", sagte er. „Teufelsriten", sagte der dicke Jens und blies Rauch in mein Gesicht.

„Ich hab gestern nach der Schule auf dich gewartet", sagte Blue. Mir fiel auf, wie hell ihre Augen waren. „Der Katzenkopf ist weg", flüsterte sie. Wir hatten eine Stunde frei. Der dicke Jens stand in einer Ecke und guckte zu uns rüber. „Gehen wir raus", sagte Blue. Ich zog eine Grimasse und lief hinter ihr her. Am anderen Ende hinter einem Haufen Laub setzte Blue sich auf die Erde. „Ich glaub, es hat mit meinem Vater zu tun", sagte sie. Sie starrte in die Blätter, als krabbelten Würmer drin rum. „Was?" fragte ich. „Der Katzenkopf, du Idiot. Es ist so wie damals bei meiner Mutter", sagte sie feierlich. Ich sah sie an. Ich fühlte mich, wie wenn ich im Bett lag und meine Eltern nebenan stritten und ich den Kopf unters Kissen stecken wollte. Blue sagte: „Meine Mutter hat gesagt, dass er bestimmte Sachen getan hat. Sachen, um sie verrückt zu machen." Es war das erste Mal, dass Blue von ihrer Mutter erzählte. „Was für Sachen?" fragte ich. „Ich weiß nicht", sagte Blue. Wir saßen eine Weile da, bis es anfing zu regnen. Ich hatte noch nie erlebt, dass Blue so wenig redete.

Ein Vorteil bei der ganzen Geschichte war, dass sich plötzlich Verena für mich interessierte. Verena war eine Klasse über uns. Sie hatte langes, weizenblondes Haar und einen älteren Freund, der sie mit dem Motorrad von der Schule abholte. Verena gab sich nicht mit jedem ab. Mich würdigte sie sonst keines Blickes. Jedenfalls kam Verena in der Pause zu mir, als Blue mal nicht an mir hing, und sagte: „Hey, ich hab von dem Katzenkopf gehört." „Ja hm", sagte ich. „Andi hat's mir erzählt", sagte Verena, „ich glaub, die haben was vor." „Was denn?" fragte ich. Ich kam mir blöd vor, das lag daran, wie Verena mich unter ihren dichten Wimpern anguckte. „Weiß nicht", sagte Verena, „aber du solltest besser auf deine Freundin aufpassen." „Blue ist nicht meine Freundin", sagte ich. „Ach so", sagte Verena und ging weg. Dann drehte sie sich nochmal um. „Manchmal streunen hier wilde Hunde rum, vielleicht hat einer der Katze den Kopf abgebissen", sagte sie, „die Sachen sind oft einfacher, als man glaubt."

Daran dachte ich, als ich das nächste Mal mit Blue redete, aber ich sagte nichts. Blue sprach wieder von ihrem Vater. „Er will, dass ich keine schwarzen Sachen mehr trage", sagte sie. Sie zog den Reißverschluss ihrer Jacke ein Stück weit auf, und ich sah ein rosa T-Shirt hervorgucken. „Sieht scheiße aus, oder?" sagte Blue. Sie kaute an ihren Fingernägeln. „Er sagt kleiner Tiger zu mir", sagte sie, „ich mag das nicht. Ich bin Blue." „Klar", sagte ich, „du bist Blue." Ich dachte an Verena und was ich anstellen könnte, um sie nochmal zu treffen. Blue schwieg. Ich wünschte plötzlich, sie würde wieder von Atombombenabwerfern reden oder sowas.

Am nächsten Tag war Blue nicht in der Schule. In der Pause guckten Andi und der dicke Jens ein paar Mal zu mir rüber, aber ich machte einen Bogen um sie. Verena saß am Zaun und um sie ein Halbkreis von Mädels, die an ihren Lippen hingen. Mir war komisch zumute wie manchmal an

Sonntagnachmittagen, wenn das Wetter grau und alles so ruhig ist. Nach der Schule nahm ich die Abkürzung durch den Wald. Der Katzenkopf war wirklich nicht mehr da. Die Erde war ein bisschen verfärbt, da, wo das Blut hineingesickert war. Ich stand eine Weile rum, bis ich das Gefühl bekam, dass die Bäume zu flüstern anfingen.

An dem Abend konnte ich nicht einschlafen. Ich versuchte, mir Verenas Gesicht vorzustellen. Draußen hörte ich Polizeisirenen und Feuerwehr. Sowas ist selten bei uns. Die Sirenen brachen ganz in der Nähe ab. Irgendwie dachte ich sofort an Blue. Ich zog mich an. Meine Eltern schliefen schon. Ich lief die Straße runter. Der Feuerwehrwagen stand vor Blues Haus. Eine Leiter wurde gerade ans Dach gefahren. Dort oben loderte ein kleines Feuer. Und neben den Flammen saß Blue. Sie saß ganz oben auf dem Dachfirst und leuchtete irgendwie orange, obwohl sie was Schwarzes anhatte. Ich hörte Schreie und Rufe von den Leuten, die um das Haus standen, und dazwischen ein merkwürdiges Geräusch. Ich brauchte eine Weile, bis ich verstand, dass es von Blue kam. Ihr Mund war weit geöffnet, und sie stieß Laute aus wie ein Kater in einer warmen Frühlingsnacht. Nur dass es sich viel schrecklicher anhörte, weil ich wusste, dass es kein Kater war, sondern Blue. Und ich sah, wie Blue etwas Glänzendes in der Hand hatte und es an den Dachfirst hielt, bis eine neue, kleinere Flamme aufzüngelte. Ein Feuerwehrmann war inzwischen die Leiter hochgeklettert und rief Blue irgendwas zu. Ich stand ganz starr und fühlte mich, als könnte ich nie wieder einen Schritt gehen.

Später redeten die Leute, und es gab Gerüchte, dass ein Katzenkopf in der Garage von Blues Vater gelegen hätte, und die Lehrer stellten uns Fragen, aber nicht viele, weil die Leute so eine Sache am liebsten schnell vergessen oder nur noch leise zu Hause drüber sprechen. Ich sah Blue nie wieder, denn der Feuerwehrmann brachte sie vom Dach direkt in den Krankenwagen, und ihr Vater zog weg, bevor sie aus der Klinik kam. Aber in meinen Träumen taucht dieses Bild immer wieder auf: Blue, wie sie da oben auf dem Dach sitzt und schreit. Wie ein orangefarbener kleiner Tiger.

All die sanften Sterne

Sie wartet neben dem alten Kino auf Jimmy. Der Acht-Uhr-Film hat schon angefangen. Ein heißer Wind treibt Blätter über den Asphalt.

Sie weiß, dass Jimmy nicht kommen wird, denn er hat gesagt, dass es vorbei ist, und Jimmy ist einer, der meint, was er sagt. Trotzdem steht sie und wartet, das alte Kino ist ein guter Ort, um einfach dazustehen. Die Plakate leuchten lila und bonbonrot in der Abendsonne. Wenn Jimmy da wäre, hätte er einen Walkman dabei, den würden sie sich teilen, und sie würden die Doors hören oder ein Tape von Jimmys letztem Auftritt und sie würde Jimmy ansehen mit seinen blauen Augen und seiner David-Bowie-Frisur.

Schräg gegenüber hat eine neue Eisdiele aufgemacht. Mädchen in bauchfreien Tops und Jungs mit Gelhaar stehen in Gruppen herum und halten blaue und grüne Plastikbecher in der Hand. Wenn Jimmy da wäre, denkt sie, würden sie beide irgendwo hinfahren, wo es Schatten gäbe, und nur Jimmys Hände wären warm.

„Na, noch unentschlossen?" fragt der Mann im Anzug. Er steht schon eine Weile neben ihr und guckt auf die Plakate. „Hier läuft immer derselbe Film", sagt der Mann. Er zündet sich eine Zigarette an. Sein Feuerzeug, matt silbern und rund, sieht aus wie ein Raumschiff. Es erinnert sie an Jimmy, sie weiß nicht, warum. Sie kann nicht aufhören hinzustarren.

„Ich hab dich hier schon mal geseh'n", sagt der Mann. Jetzt blickt sie ihm ins Gesicht. Er ist nicht mehr jung. Seine Haut ist hell, das Haar vorne gelichtet. Seine Augen haben die Farbe von dem Bourbon, von dem sie zu viel trinkt, seit Jimmy sie nicht mehr liebt. „Möglich", sagt sie. „Ich bin mit dem Auto da", sagt der Mann, „wir könnten irgendwo hin, wo mehr los ist."

In einem BMW fahren sie Richtung Stadt, den mandarinenfarbenen Wolken entgegen. Die Straße gesäumt von Einkaufszentren, Tankstellen und Baracken, vor denen verbeulte Autos stehen. Sie denkt daran, wie sie mit Jimmy hier lang gefahren ist. In seinem alten Cabrio, einfach so ohne Ziel. Sie haben „Stairway to Heaven" gehört und Joints gedreht.

Beim Filmpalast in der Stadtmitte hält der Mann und sie gucken, was läuft. Das Foyer wie das Innere eines rosa Luftballons. „Ich hab gar keine Lust mehr auf Kino", sagt der Mann. Er kauft zwei Flaschen Bier und sie setzen sich ins Auto. Der Mann zündet sich mit dem Raumschiff-Feuerzeug eine Zigarette an. Sie denkt, dass sie das Feuerzeug gerne berühren würde, es wäre fast wie Jimmy zu berühren, nur kälter. Der Mann erzählt von seinem Job, in einer Konzertagentur. Er verdient jetzt viel Geld, sagt er, das sei ja was heutzutage. Ob er Jimmys Band kennt, fragt sie. „Ich hab ein Tape von denen zu Hause", sagt er, „guter Rock, handwerklich okay. Eher was für die älteren Semester." Sie schweigt. „Lass uns zu mir fahren", sagt der Mann.

Vor ihnen glänzende Bürotürme in den Himmel. Später fahren sie durch eine Allee. Der Mann parkt das Auto vor einem Wohnblock. Die Straßen sind sauber und wie leer gefegt. An einer Ecke sitzen zwei Männer und starren vor sich hin.

„Ich bringe dich nachher auch nach Hause", sagt der Mann. Sie betreten das Haus und fahren in den fünften Stock hoch. Das Innere des Aufzugs glänzt silbern. Jemand hat „Pray for the dying" mit blutroter Farbe über die Tür gesprüht. „Chaoten", sagt der Mann, „vor denen ist man nirgends sicher."

Die Wohnung des Mannes ist hell und aufgeräumt, bis auf die Stapel CDs auf dem Parkett. „Ich hab nicht mit Besuch gerechnet", sagt der Mann. Ein Tisch aus Glas steht mitten im Zimmer und zwei orangefarbene Stühle. Daneben eine Anlage mit oval geformten Lautsprechern. Der Mann zieht eine CD aus einem Stapel und zeigt sie ihr, es ist ein Tape von Jimmy. „Leg es auf", sagt sie. „Wenn du drauf stehst", sagt er lachend. Er fasst sie an der Schulter und zieht sie zu sich hin. „Die Anlage ist nagelneu, Digitalsound vom Feinsten", sagt er und schiebt seine Hände unter ihr T-Shirt.

Ein Schlafzimmer in kühlem Blau. Das Bett erinnert sie an die Schaufenster der teuren Innenstadtgeschäfte, über die sie und Jimmy immer gelacht haben. Auf dem Nachttisch liegen Medikamentenschachteln, Xanax, Fluctin. Spiegel über dem Bett. Sie bemüht sich, nicht hineinzugucken, als der Mann sie auszieht. Seine Haut ist weich und weiß und ganz anders als Jimmys. Sie schließt die Augen. Denkt an Jimmy, erfindet sich ihr letztes Mal, an das sie sich kaum erinnert, weil sie zu viel gekifft hatten.

Es dauert nicht lange. Später liegt der Mann ruhig und schnarcht. Sie steht auf und geht ins Bad. Schüttelt eine Flasche, auf der Armani steht, und sprüht die Flüssigkeit gegen den Spiegel. Kämmt sich die Haare mit dem Kamm, an dem dünne, braune Haare hängen, während das Parfüm sich im Bad verteilt. Sie sieht, wie ihr Bild im Spiegel sich langsam auflöst. Leise geht sie zurück ins Schlafzimmer, zieht sich an, nimmt die Medikamente vom Nachttisch.

Im Wohnzimmer lässt sie Jimmys Tape aus dem Player herausfahren und in ihre Handtasche fallen. Neben dem Tisch steht eine mannshohe Skulptur in der Form einer Vulva. Sie tritt leicht mit dem Fuß dagegen. Dann sieht sie das Raumschiff-Feuerzeug auf dem Tisch liegen. Sie hebt es hoch. Das Metall kühlt ihre glühenden Finger.

Neben der Tür hängt die Jacke des Mannes. Sie wühlt in den Taschen, bis sie den Autoschlüssel findet.

Draußen ist es jetzt dunkel. Die zwei Männer an der Straßenecke sind weg. Sie lässt den BMW an, fährt vorsichtig zwischen den Häusern hindurch und beschleunigt erst, als sie auf der Hauptstraße ist.

Sie hält an einem Fast-Food-Restaurant vor der Autobahnzufahrt. Ein riesiger Plastikhamburger thront über der Eingangstür. Sie bestellt Pommes Frites mit Ketchup und eine Cola. Gruppen von Teenagern sitzen lachend um die Tische herum. Während sie isst, rülpsen ein paar Jungen am Nebentisch und starren kichernd zu ihr herüber. Sie steht auf, nimmt ihr Tablett und kippt es wie zufällig über den Tisch der Jungen. Ketchupbeschmierte Kartoffelstücke hüpfen auf weiße Hosen. „Sowas aber", sagt sie und unterdrückt das Lachen, das in ihrem Hals aufstößt. Einer der Jungen springt auf und einen Augenblick lang denkt sie, dass er sie schlagen wird. Es ist ihr egal. Sie erwidert seinen Blick.

Später im Wagen gelingt es ihr nicht, Jimmys CD in die Anlage zu legen. „Das ist wohl was für ältere Semester", sagt sie laut zu sich selbst, mit einer Stimme, die fremd klingt in ihren Ohren. Dann wird es still. Das Raumschiff-Feuerzeug liegt auf dem Beifahrersitz wie ein Embryo vom Mars. Sie stellt sich vor, wie es sich in ihrer Hand anfühlt, seine kühle Rundung. Sie lächelt. Die Autobahn steigt gerade an, eine Abflugschanze in ein fremdes Universum, wunderbar leer. All die sanften Sterne, wie zu den besten Zeiten mit Jimmy.

Der Jesus-Typ

Der Herbstregen kommt und mit ihm die bösen Träume. Kim erwacht frühmorgens in der Koje des Wohnmobils, das sie vom Hof des Vaters gestohlen hat. Die Narbe an ihrer Schulter schmerzt. Shiva räkelt sich neben ihr, blickt sie aus gletscherblauen Augen an. „Wenn ich dich nicht hätte", sagt Kim und streichelt sein grauweißes Fell.

Auf der Schnellstraße rasen Autos vorbei und spritzen Schlamm gegen das Fenster. Die Landschaft ist flach, hinter braunen Feldern ragen Industrieschlote auf. Schwarzer Rauch, vom Regen getrieben. „Wir müssen einen Ort finden", sagt Kim zu Shiva, „wo wir eine Zeitlang bleiben können." Arbeit, für eine Weile wenigstens. Das Geld wird nicht mehr lange reichen. Sie denkt an die Männer, der letzte, der ihr Geld gegeben hat, war alt und hässlich, aber er hat ihr nicht wehgetan. Sie setzt sich ans Steuer.

Tote Bäume an den Straßenrändern. Stromleitungen ziehen sich über die Äcker. Die Reklame eines Fastfood-Restaurants auf einer Wiese. Kim jagt den Tacho höher und hätte beinahe das Schild übersehen. Fast verborgen hinter einem Baum, nur ein hölzerner Pfeil auf einer Stange, auf dem handgeschrieben „Camping" steht. Sie tritt scharf auf die Bremse, legt den Rückwärtsgang ein. Shiva kreischt. Der Schotterweg führt in einen Kiefernwald. Immer dichter und höher stehen die Bäume. Vielleicht ist das Schild tausend Jahre alt und es gibt keinen Campingplatz mehr. Doch da lichtet sich der Wald. Ein paar verwitterte Wohnwagen, ein Container auf nassem Gras. Dahinter ein See. Boote vertäut am Ufer. Bungalows, die schon mal bessere Zeiten gesehen haben. Sie lässt den Wagen ausrollen.

„Was meinst du, Shiva?", fragt sie. Shiva faucht.

„Ach komm", sagt Kim, „sieht doch gar nicht so schlecht aus.

„Warmes Wasser gibt's nur morgens", sagt der Campingwart, „aber was wolln'se für den Preis." Ein alternder Typ, sieht einsam aus, aber unauffällig. „Nichts los hier um diese Jahreszeit", sagt er. Immerhin ist er nicht neugierig wie die meisten Leute. Trotzdem, irgendetwas gefällt ihr nicht an ihm. Sei nicht immer so misstrauisch, denkt sie, nicht alle Männer sind so wie dein Vater.

Am Nachmittag hüllt sie sich in die Regenjacke und läuft los. Die Bungalows sind dicht verrammelt, außer dem des Campingwarts ganz vorne. Ein Weg führt vom See weg am Wald entlang. Schlammige Felder und Äcker. Nach einer halben Stunde kreuzt eine Straße. Ein Fabrikgebäude, Neonschilder. Ein kleiner Supermarkt. Sie geht hinein. Kauft Brot, Käse, Äpfel, Katzenfutter. Und eine Flasche billigen Wodka. Das Mädchen an der Kasse scheint noch jünger als sie selbst. Aus dem raspelkurzen Haar schlängelt sich eine pinke Strähne in ihre Stirn, in der Stupsnase steckt ein Totenkopf-Piercing.

„Wohnst du hier?", fragt sie, „ich hab dich hier noch nie gesehen."

„Ich bin nur kurz in der Gegend."

Das Mädchen betrachtet die Wodkaflasche mit gerunzelter Stirn, zieht das Katzenfutter über den Scanner.

„Hier in der Gegend sollte man 'nen Hund haben", sagt sie, „'ne Katze ist auch gut, aber nicht gegen alles."

Kim weiß nicht, was sie sagen soll. Ihr Blick schweift zur Ausgangstür, bleibt an einem Schild hängen.

„Ihr sucht eine Kassiererin?"

„Die andere hat aufgehört, und ich kann nur nachmittags, wegen der Schule. Suchst du 'nen Job?"

„Vielleicht", sagt Kim.

„Komm morgen Nachmittag vorbei. Dann ist der Chef da."

Der prasselnde Regen vermischt sich mit dem schwarzen Wasser des Sees. Shiva huscht in den Wagen, und Kim schließt die Tür. Sie gießt Wodka in ihr Glas. Versucht sich die Stadt auf der anderen Seite des Waldes vorzustellen, die Lichter von Kneipen im Dunkel, einen anheimelnden Platz, von alten Häusern gesäumt, Menschen mit freundlichen Gesichtern. Dazwischen drängen sich andere Bilder – Autowracks auf dem Hof der Werkstatt, der Benzingestank in der finsteren Garage. Die kalten Augen des Vaters, als er den Wagenheber gegen ihre Schulter prallen lässt, der Tritt seines Stiefels, als sie schon am Boden liegt. Du bist wie deine Mutter, immer muss ich dich bestrafen. Warum habe ich mich nicht gewehrt, denkt sie, viel früher schon, als es angefangen hat mit den Ohrfeigen und dem Brüllen und den Schlägen mit dem Stock? Warum bin ich nicht weggelaufen? Ein Kind kann doch auch schon weglaufen. Warum hat Mutter mich nicht mitgenommen, als sie gegangen ist?

Warum war ich es nicht wert? Sie trinkt hastiger, und die Gedanken in ihrem Kopf verdichten sich zu einem Schwamm, einem organischen Etwas, aus dem die Träume wachsen, Träume von Männern, die sie töten wollen.

Was sind das für Geräusche? Sie muss geschlafen haben. Liegt noch angezogen auf der Koje. Ihr Kopf schwer und voller Schmerz. Dann erkennt sie das Pfeifen des Windes, das Prasseln des Regens. Und ein hartes Klopfen an der Tür. Sie taumelt hoch, späht durchs Fenster. Es ist der Campingwart.

„Sie müssen weiter vom Ufer weg!", schreit er, „der See steigt, gleich sitzt der Wagen im Schlamm."

Sie öffnet die Tür. „Okay, mache ich." Die Worte kommen verwaschen aus ihrem Mund.

„Geben Sie mir den Schlüssel", sagt er.

Die Reifen drehen durch, schließlich steht der Wagen am Waldrand. Kim setzt sich aufs Bett. Shiva liegt nicht in seinem Körbchen.

„Alles bestens", sagt der Campingwart. Er steht dicht vor ihr, lässt den Wagenschlüssel vor ihren Augen baumeln.

„Mein Kater ist weg", sagt Kim. Versucht aufzustehen. Stößt gegen sein Bein.

„Dabei helf' ich dir auch gerne, Süße", sagt er, „später." Seine Hand ist in ihrem Haar, reißt daran, drückt sie zurück aufs Bett. Er nestelt an seiner Hose. Kim hört sich schreien, versucht mit der Faust gegen sein Bein zu stoßen, ungeschickt. Der Nebel in ihrem Kopf ist zu dicht. Ein Schmerz trifft ihren Rippenbogen, sie liegt auf dem Rücken, sein Gewicht auf ihr. „Du könntest dich ein bisschen dankbarer zeigen", keucht er in ihr Ohr. Sie fühlt, wie sie innerlich kalt und starr wird, in sich selbst verschwindet wie unter den Schlägen des Vaters.

„Lass sie in Ruhe! Sofort!"
Die Stimme hallt im Wagen wider, so irreal, träumt sie nur? Doch der Körper auf ihr erstarrt.
„Du gehst jetzt fort", sagt die Stimme, „und kommst nie wieder".
Der Campingwart hebt sein Gewicht von ihr und zieht seine Hose hoch. Einen Moment lang sieht sie den Schrecken in seinen Augen, bevor er aus der Tür taumelt. Sie setzt sich auf und sieht das Wesen, dem die Stimme gehört. Erst denkt sie, dass es eine Frau ist. Die Haare hüftlang. Aber das schmale Gesicht ist das eines Mannes. Ein schönes Gesicht, seltsam hell, wie vom Schein einer Kerze beleuchtet. Jesus. Er sieht aus wie der Jesus auf dem Bild, das ihre Mutter ihr gegeben hat, bevor sie fortgegangen ist. Nur seine Augen sind anders, das erkennt sie, als er langsam, lächelnd auf sie zugeht. Von einem

hellen, eigenartigen Blau, das nicht menschlich wirkt.

„Er wird dich in Ruhe lassen", sagt der Fremde und legt eine warme Hand auf ihre Stirn, „stell keine Fragen. Schlaf, und träume nicht."

Müdigkeit überschwemmt Kim. Sie rollt sich zusammen und schläft ein.

Ein Sonnenstrahl kitzelt ihre Nase. Kim setzt sich auf. Sie kann sich nicht erinnern, sich je so leicht gefühlt zu haben. Dann kommen die Gedanken wieder. Der Campingwart. Der Jesus-Typ. Shiva. Das Körbchen ist immer noch leer. Sie öffnet die Wagentür und blickt hinaus. Die Luft ist feucht und klar. Der Bungalow drüben liegt ruhig da. Sie ruft nach dem Kater. Nichts rührt sich.

Unter der Koje findet sie den Karton. Erinnerungssachen von zu Hause, hastig zusammengerafft am Tag der Flucht. Fotos – sie mit Mutter, als alles noch gut war. Ein paar Briefe – keiner von Mutter, nachdem sie gegangen ist. Und da, da ist es: das Jesusbild. Die langen Haare, das sanfte Gesicht, das Lächeln. Nur die Augen dieses Jesus sind grün. Sie schüttelt den Kopf. Sie hat doch noch nie an Jesus geglaubt, schon als Kind nicht. Nur das Bild, das hat sie oft angeguckt, nachdem

Mutter weg war. Eine Zeitlang. Als hätte es sie beschützen können.

Am Nachmittag geht sie zum Supermarkt. Der Inhaber ist ein freundlicher alter Mann. „Sie können morgen mit der Vormittagsschicht anfangen", sagt er, „dann sehen wir mal, wie es läuft." Warum tue ich das, denkt sie auf dem Rückweg, ich sollte hier verschwinden, der Campingwart wird wiederkommen, und dieser komische Jesus-Typ, wer weiß, wer das ist.

Als sie zurück zum Wohnmobil kommt, sieht sie ihn unter den Bäumen stehen. Ein Strahl der untergehenden Sonne berührt sein Gesicht. Er lächelt.
„Wovon träumst du?", fragt er. Seine Stimme klingt wie Musik. Wie lange hat sie keine Musik mehr gehört?
„Von Männern, die mich töten wollen", sagt sie.
„Sie sehen alle aus wie er, nicht wahr", sagt der Jesus-Typ.
„Wie der Campingwart? Den kannte ich doch gar nicht ..."
„Nein", sagt er, „wie dein Vater."
„Woher weißt du ..."

Der Blick seiner blauen Augen berührt sie wie eine heilende Hand.
„Keine Fragen", sagt er, „hab keine Angst."

In der Nacht träumt sie von einem glitzernden Meer und von Shivas warmem Fell. Als sie erwacht, ist es, als fühlte sie noch eine sanfte Berührung. Die Sonne ist gerade aufgegangen. Klar und ruhig liegt der See.

Das Kassieren fällt ihr leicht, die Leute sind freundlich. Am Nachmittag löst Anna sie ab.
„Kennst du so einen Typen mit langen Haaren hier in der Gegend?", fragt Kim, „hat sowas Jesusmäßiges an sich."
„Kann sein", sagt Anna und rollt die pinke Haarsträhne zwischen ihren Fingern, „vielleicht auch nicht. Ist 'ne merkwürdige Gegend hier. Oben im Haus ist übrigens noch ein Zimmer frei. Neben meinem, ich wohne da während der Woche."

Wenn nur Shiva wieder da wäre, denkt Kim, dann wäre alles gut. Am Bungalow des Campingwarts rührt sich nichts. Vielleicht ist er wirklich fort. Morgen wird sie auch nicht mehr hier sein, da kann sie schon in das Zimmer einziehen, über dem Supermarkt. Das Wohnmobil irgendwo abstellen, weit weg. Nicht mehr in der ständigen Angst leben, dass der Vater sie findet. Ob der Jesus-Typ weiß, dass sie dort sein wird? Er scheint alles zu wissen, und doch glaubt sie nicht, dass er wirklich Jesus ist, nicht jetzt am Tag, wenn die Sonnenstrahlen durch die Kiefern leuchten. Vielleicht kommt er ja wieder und bleibt bei mir, für immer.

Am Abend sitzt sie am Fenster und wartet. Den Rest Wodka hat sie weggekippt. Schließlich legt sie sich in die Koje. Mitten in der Nacht wacht sie auf. Ist da nicht ein Geräusch draußen? Das Haus des Campingwarts liegt immer noch dunkel da. Ihr kommt ein Gedanke: Was, wenn er weg ist und Shiva im Haus eingeschlossen hat? Sie muss nachsehen. Rasch zieht sie sich an. Nimmt ein Küchenmesser mit, sicher ist sicher. Draußen gewöhnen sich ihre Augen an die Dunkelheit. Sie geht um den Bungalow herum, kämpft mit ihrer Angst. Was, wenn er zu Hause ist? Sie späht in ein Zimmer nach dem anderen. Dort, hinter dem Sofa, liegt etwas Dunkles auf dem Boden. Sie presst die Stirn an die Scheibe. Das Fenster bewegt sich. Vorsichtig drückt sie es nach innen und steckt den Kopf durch den Rahmen. Ein seltsamer Geruch dringt in ihre Nase. Vielleicht tote Mäuse, oder … Sie überwindet die Erstarrung, klettert über das

Fensterbrett. Der Geruch, unerträglich. Das Dunkle auf dem Boden: Es ist der Campingwart. Dort, wo sein linkes Auge war, klafft ein Loch. Um seinen Kopf eine Pfütze schwarzen Blutes. Das Surren von Fliegen.

Die Räder des Wohnmobils holpern auf dem Kiesweg. Kims Hände am Lenkrad zittern immer noch. Es ist wie in einem ihrer Albträume – nur dass diesmal nicht sie es ist, die sterben sollte. Vielleicht hätte ich doch da bleiben sollen, die Polizei rufen. Nein, nicht die Polizei. Sie würden Vater Bescheid geben, das weiß ich doch. Ich habe alles abgewischt, die Fußabdrücke verrieben. Niemand weiß, dass ich dort war, auf dem Campingplatz. Nur der Jesus-Typ.

Fast schafft sie es nicht mehr zu bremsen, als sich etwas Helles am Wegrand bewegt. Und weiß doch sofort, wer es ist. Sie öffnet die Tür. Shiva springt in ihre Arme. Sieht sie aus seinen blauen Augen an. Hab keine Angst, sagt sein Blick.

Sie zieht in das kleine Zimmer über dem Laden ein. Die Arbeit läuft gut. Als einmal ein Streifenwagen vorfährt, beginnt sie zu zittern, doch die Polizisten sind nur da, um Sandwiches und Cola zu kaufen.

Nach einer Woche steht in der Zeitung eine Notiz, dass die Leiche des Campingwarts gefunden wurde. Die Erkenntnisse der Polizei sprächen für Selbstmord. Manchmal geht sie abends mit Anna in die Stadt. Wenn sie einen Mann mit langen Haaren sieht, klopft ihr Herz, doch er ist es nie. Nachts liegt sie manchmal wach und streichelt Shivas warmes Fell, wenn er bei ihr ist. Er streunt jetzt öfters, bleibt manchmal tagelang weg, doch immer kommt er wieder, und wenn er sie ansieht, wirkt er wie ein Mensch, der getan hat, was er tun musste.

Nach ein paar Wochen ruft Anna sie ans Telefon. Eine fremde Männerstimme auf der anderen Seite. Er sei Notar, aus dem Ort, in dem sie aufgewachsen ist.
„Es war nicht leicht Sie zu finden", sagt er. „Ich muss Ihnen sagen, Ihr Vater ist tot. Sie sollten herkommen, wegen der Erbschaft."
„Wie ist er gestorben?", fragt sie.
„Er hat sich erschossen. Neben seinem Leichnam wurde ein Zettel gefunden – so etwas wie eine Nachricht."
„Eine Nachricht?" Ihr Herz klopft, doch zugleich breitet sich Ruhe in ihr aus.

„Es war nur ein Satz", sagt der Notar, „warten Sie, ich kann es Ihnen gleich sagen ... Er schrieb: ‚Ich habe Jesus gesehen'."

Romy

Merle holt sich in der Cafeteria ein Brötchen. Der Raum ist voller fremder Gesichter, durchhallt von Stimmen. An einem Ecktisch sieht sie das Mädchen. Es ist ihr schon gestern aufgefallen, beim Erstsemestertreffen. Schwarzes Wuschelhaar, Unterlippenpiercing, gerötete Wangen. Das Mädchen blickt von seinem Buch auf. Seine Augen haben die Farbe von Veilchen.

„Ist da noch frei?", fragt Merle.

„Hawking", sagt das Mädchen, „er schreibt, es gibt außerirdische Intelligenz."

„Hab ich auch was drüber gelesen", sagt Merle.

„Er schreibt, es ist unwahrscheinlich, dass sie Kontakt aufnehmen", sagt das Mädchen.

Es hat ein Tattoo am Unterarm, eine Schlange.

„Weil sie nicht wollen?", fragt Merle.

Das Mädchen lächelt.

„Ich heiße Romy", sagt es, „heute Abend fängt übrigens 'ne Science-Fiction-Reihe an, im Studentenkino."

Sie gehen zusammen hin. Danach in eine Kneipe. Zerrissene Plakate an den Wänden, Krümel in

Bierlachen. Sie quetschen sich auf zwei freie Stühle an einem großen Tisch.

„Hier ist wenigstens ein bisschen was los", sagt Romy.

Sie hat ein lila T-Shirt an mit einem Feuer spuckenden Drachenkopf vorne drauf. Merle nickt.

„Das mit den unendlich vielen Paralleluniversen ist Quatsch", sagt Romy, „aber es gibt da diese Theorie, dass in Schwarzen Löchern Universen geboren werden. Muss ich dir mal erklären."

„Warum studierst du nicht Physik oder sowas?", fragt Merle.

„Zu schlecht in Mathe", sagt Romy, „ist ja auch egal."

Merle denkt an die grässlichen Diskussionen mit ihren Eltern. Studieren ist doch vertane Zeit, sagen sie.

„Ich will schreiben", sagt sie.

Romy legt den Kopf schief und starrt sie an. „Was denn?"

„Einen Roman", sagt Merle, „vielleicht Science Fiction".

„Wow", sagt Romy, „lass uns noch ein Bier trinken."

Später sitzt Merle in ihrem Bett in dem kleinen Zimmer. Es riecht nach altem Fett. Das Geräusch der Autos hält sie wach. Sie hätte gerne Sehnsucht nach zu Hause. Fragt sich, ob ihre Eltern gerade streiten und das wievielte Bier ihr Vater trinkt. Aber vielleicht sind sie ja schon im Bett und träumen von ihrer Tochter, die endlich fort ist. Sie wird Romy fragen, wie ihre Eltern sind. Wie hübsch Romy ist und wie cool. In der Schule haben sich Mädchen wie Romy nicht mit ihr abgegeben. Sie schließt die Augen und denkt an Rudolf Hellmeier. Seine großen, schmalen Hände, wenn er dirigiert. Sein sanfter, freundlicher Blick. Sie legt sich hin und schiebt die Hand zwischen die Beine.

„Hast du 'ne Beziehung?", fragt Romy.

Sie sitzen in der Cafeteria, am gleichen Platz wie zwei Tage zuvor.

Merle schüttelt den Kopf. „Du?"

„Affären", sagt Romy, „einer ist echt süß, aus dem Nachbardorf. Der besucht mich vielleicht mal hier. Aber er ist irgendwie … naja, wie Jungs halt so sind."

„Ich mag auch lieber ältere Männer", sagt Merle.

„Die interessanten sind meist verheiratet", sagt Romy, „wobei – das stört mich auch nicht besonders."

„Mein Chorleiter zu Hause", sagt Merle, „der ist wirklich süß und … er hat so einen Blick, als könne

er in mich reingucken, weißt du … naja, natürlich ist er verheiratet, und zwei Kinder hat er auch."
„Weiß er es?"
Merle schließt die Hände um ihre Kaffeetasse.
„Schreib ihm doch 'ne Mail. Vielleicht kommt er her."

Nach der Romantik-Vorlesung geht sie mit Romy die Straße entlang Richtung Park. Die Häuser sind verfallen, viele stehen leer. Romy schwenkt ihren knallgrünen Lederrucksack herum.
„Die Stadt ist tot", sagt sie.
„Ob es auf andern Planeten auch solche Städte gibt?"
„Ich glaub nicht, dass jemand so Scheiß-Häuser baut wie wir", sagt Romy, „kannst ja was drüber schreiben, in deinem Roman."

Am Abend stellt Merle ihr Notebook auf den Tisch und öffnet die Roman-Datei. Es ist eigentlich nicht Science Fiction, eher Fantasy. Die Geschichte von einer Vampirfrau, die einen Musiker liebt. Sie liest eine Weile, was sie geschrieben hat, und wechselt in ihr E-Mail-Programm. „Lieber Rudolf", schreibt sie, „ich glaube, du weißt noch nichts von meinen …"
Sie schüttelt den Kopf. Schließt die Nachricht, ohne zu speichern.

Sie geht mit Romy in einen Film über ein Raumschiff, das in einem Schwarzen Loch versinkt. Romy ist begeistert.

„Stell dir vor, sowas passiert wirklich", sagt sie und hakt sich bei Merle unter.

„Meine Eltern sind einfach nur bescheuert", sagt Romy später beim Bier, „mein Dad hat drei Wochen lang nicht mit mir geredet, als ich das Piercing hab machen lassen. Stell dir vor, du sitzt beim Frühstück mit deinem Dad und er quatscht einfach gar nichts."

„Mein Vater redet eher zu viel zum Frühstück", sagt Merle, „jedenfalls, wenn er schon was getrunken hat."

„Scheiß-Eltern", sagt Romy, „lass uns drauf anstoßen, dass wir von denen weg sind."

Merle nickt. Wenn nur dieses komisch leere Gefühl nicht wäre.

„Was ist?", fragt Romy, „wegen deinem Chor-Typen? Hat er nicht geantwortet?"

Merle nippt an ihrem Bier. „Schmeckt irgendwie nach Gemüsesuppe", sagt sie.

„Es gibt hier 'nen klasse Schuppen", sagt Romy, „bisschen punkig und retro. Geh'n wir dahin."

Der Weg führt an den Bahngleisen entlang. Ein Kellereingang, ein Stempel auf die Hand. Romy tanzt. Sie trägt ein tief ausgeschnittenes türkises

Top, das mit schwarzen Schlangen bedruckt ist. Ihr ganzer Körper scheint von Musik durchzuckt. Merle steht mit ihrem Glas am Rand. Sie mag lieber Mahler und Bruckner. Aber Romy beim Tanzen zuzugucken ist schön. Wie ein kleiner Anfang von einem neuen Leben.

Als sie hinausgehen, schimmert ein silberner Streifen am Horizont. Romy bleibt stehen, legt den Kopf in den Nacken, das Gesicht zu den blassen Sternen.
„Irgendwo auf einem Planeten da oben", sagt sie, „stehen vielleicht gerade zwei wie wir."
„Keine grünen Männchen?", fragt Merle.
„Grün vielleicht", sagt Romy, „aber trotzdem wie wir."
„Aus Sternenstaub", sagt Merle, weil ihr das Wort plötzlich einfällt mitten in dem Rauschen in ihrem Kopf. Romy blickt sie an und lächelt. Mit einer flüchtigen Bewegung streift ihre Hand Merles Wange.

Der November hat begonnen. Die Straße vor Merles Fenster ist nass und dunkel. Darüber eine graue Fläche, die der Himmel sein könnte. Wenn ein Wesen von einem fernen Planeten auf die Erde käme, denkt Merle, würde es mich hier nicht finden. Dann denkt sie an Romy, die tanzt.

Das Telefon klingelt. „Du könntest mich mal besuchen", sagt Romy, „zum Beispiel morgen Abend. Ich hab 'ne Überraschung für dich."

Merle geht eine lange Straße entlang. Die hohen, grauen Häuser werden immer schäbiger. Dazwischen brache Stellen, Mauerreste überwuchert von dornigem Grün. Eine Krähe huscht über den Bürgersteig. Romy wohnt in einer schmalen Seitenstraße im zweiten Stock.

Musik dröhnt aus dem Zimmer. Romy umarmt Merle. Ihre Augen sind schwarz geschminkt, die Lippen lila. Das Zimmer ist überraschend groß. Bücher und Papierstapel liegen herum, eine blassblaue Matratze in der Ecke, darüber ein Mobile mit Planeten. Auf dem zerschlissenen Sofa sitzt ein junger Mann. Schulterlanges, braunes Haar, ein hübsches Gesicht. Romy drückt Merle ein Glas mit grüner Flüssigkeit in die Hand. „Das ist Absynth", schreit der junge Mann gegen die Musik, „aber der echte."

Sie tanzen eine Weile zu der Musik, irgendwas punkig-elektronisches. Der Junge heißt David. Er

bietet Merle eine Zigarette an und sie gehen hinaus auf einen schmalen Balkon mit niedrigem Geländer.
„Ist was für Lebensmüde hier", sagt David.
Dann reden sie über Filme. Es wird dunkel draußen. Romy legt ruhigere Musik auf. Merle tanzt mit David. Seine Hand auf ihrem Rücken, ihrem Po. Es fühlt sich gut an, aber irgendwie nicht richtig. David zieht sie auf die Matratze. Er küsst ihre Schulter, schiebt ihren Rock hoch. Dann fühlt sie Romys Atem in ihrem Nacken, ihre Hände auf ihren Brüsten. Die Musik scheint jetzt weit fort, eine hohe, künstliche Frauenstimme. Merle setzt sich auf.
„Wenn du willst, geh' ich", sagt Romy, „ich hab ihn extra eingeladen für dich."
Merle fühlt sich zittern, Schweiß auf ihrer Stirn. Wut macht sich in ihr breit wie ein unbekanntes Tier.
„Was für 'ne Scheißidee", sagt sie.
David rappelt sich auf, zündet eine Zigarette an.
„Ich wollte dich ja nur ablenken von deinem verklemmten Chor-Typen", sagt Romy. Ihre Augen sehen schwarz aus wie schlammige Wasser.
„Ich gehe besser", sagt Merle und zieht ihren Rock zurecht.

Der Heimweg ist lang und dunkel und kalt. Zu Hause trinkt Merle den Rest einer Weinflasche aus, die sie unter der Spüle findet. Schlafen kann sie nicht.

Am nächsten Tag im Hörsaal sieht Romy sich nicht nach ihr um. Merle geht stumm hinaus. Sie meldet sich bei einem Studentenchor zum Vorsingen an. Am Abend versucht sie, an ihrem Roman zu schreiben. Sie erfindet eine neue Figur, die Romy ähnlich ist, und streicht sie wieder. Sie trinkt eine Flasche Wein, hört Musik und weint. Im Traum sieht sie Romys Gesicht.

An einem kalten Dezemberabend klingelt das Telefon.
„Ich weiß, es ist spät", hört sie Romys Stimme, „aber ich hab morgen früh einen Termin. Ich brauche jemanden, der mitkommt."

Sie fahren mit der Straßenbahn. Romy ist blass, ihre Augen wirken klein in der grellblauen Schminke.
„Bist du krank?", fragt Merle.
„Nur ein kleiner Eingriff", sagt Romy. „Dauert 'ne Stunde oder so. Du musst auf mich warten."
Die Klinik liegt weit draußen. Es ist heller hier. Das Gras zwischen den Wegen leuchtet seltsam grün. Lange Gänge, schwere Türen. Merle wagt nicht zu sprechen. Romy verschwindet in einem Zimmer.

Merle setzt sich auf einen orangefarbenen Plastiksitz, blättert in einer Zeitschrift.
Nach einer halben Stunde kommt eine Frau in weißem Kittel aus dem Zimmer.
„Ihre Freundin liegt im Ruheraum", sagt sie.
Vorsichtig tritt Merle an die Liege. Sie würde gerne Romys Hand nehmen, die schlaff auf deren Bauch liegt, doch sie traut sich nicht.
„Wer war denn der Vater?", fragt sie.
Romy schließt die Augen.

Als sie aus dem Bus aussteigen, scheint die Sonne. Weiße Wolken wehen durch den Himmel.
„Ich muss mich hinsetzen", sagt Romy.
Sie ist sehr blass. Merle führt sie zu einem Mäuerchen auf der Brache gegenüber der Straße, in der Romy wohnt. Zaghaft streichelt sie ihren Arm.
„Es war wie ein Alien", sagt Romy, „ein fremdes Wesen, plötzlich in mir drin."
„Ja", sagt Merle.
Sie kann es sich nicht vorstellen, das Gefühl.
„Dir geht's sicher bald besser", sagt sie.
„Ich hab's auf dem Ultraschall gesehen", sagt Romy, „es sah aus wie eine Erdnuss."
Merle legt den Arm um sie. Romys Haare kitzeln ihren Hals. So sitzen sie und blicken auf das verfallene Haus gegenüber. Schwarze Fenster

starren sie an. Die Sonne wärmt ihre Gesichter. Romy beginnt vor sich hinzusummen wie ein kleines Kind.

„Bald geht's dir besser", sagt Merle und fühlt sich fast ein bisschen glücklich.

Die folgenden der in diesem Band enthaltenen Geschichten wurden bereits publiziert:

„Lena", in: Ort der Augen. Blätter für Literatur aus Sachsen-Anhalt, 1/2003

„Eisblumen", in: Ort der Augen. Blätter für Literatur aus Sachsen-Anhalt, 3/2008

„Das Haus", in: Ort der Augen. Blätter für Literatur aus Sachsen-Anhalt, 1/2010

„Katzenkopf", in: Kettenreaktionen. Geschichten und Gedichte, hrsg. von der Braunschweigischen Landschaft, Braunschweig (Appelhans Verlag) 2008

„Romy", in: Ort der Augen. Blätter für Literatur aus Sachsen-Anhalt, 1/2012
und in: Tintenblau die Nacht, hrsg. vom Literatenforum Salzgitter, Münster (Monsenstein & Vannerdat), 2014